KB246097

鐵山大公

철산대공

FANTASTIC ORIENTAL HEROES

임준후 新무협 판타지 소설

철산대공 9

임준후 新무협 판타지 소설

초판 1쇄 찍은 날 § 2013년 4월 24일
초판 1쇄 펴낸 날 § 2013년 4월 30일

지은이 § 임준후
펴낸이 § 서경석

편집부장 § 권태완
편집책임 § 박우진

펴낸곳 § 도서출판 청어람
등록번호 § 제1081-1-89호
등록일자 § 1999. 5. 31
어람번호 § 제2-2331호

주소 § 경기도 부천시 원미구 심곡2동 163-2 서경B/D 3F (우) 420-822
전화 § 032-656-4452팩스 § 032-656-4453
http://www.chungeoram.com
E-mail § chungeorambook@daum.net

ⓒ 임준후, 2011

ISBN 978-89-251-3269-3 04810
ISBN 978-89-251-2511-4 (세트)

鐵山大公

철산대공

9

[완결]

임준후 新무협 판타지 소설

FANTASTIC ORIENTAL HEROES

청어람
도서출판

目次

第一章

"그러다 죽을 거 같은데? 진 대저, 혹시 그녀를 죽이려는 거요?"

천공후의 음성에는 궁금해하는 기색이 가득했다.

"하아……."

진유아는 한숨을 내쉬며 이마의 땀을 닦았다.

눈살을 잔뜩 찌푸린 것이 지금 상황이 단단히 마음에 들지 않는 듯했다.

그녀의 눈길이 슬쩍 뒤편을 훑었다.

산하를 비롯한 일행 모두가 그녀를 뚫어져라 쳐다보고

있었다.

진유아의 시선이 그들을 비켜 창밖의 어둠을 향했다.

시간은 자시에서 축시로 넘어가고 있었다.

반쯤 열린 창밖으로 보이는 하늘은 구름이 두터웠다. 칠흑처럼 어두웠고, 금방이라도 비가 내릴 것 같았다.

'망신이네……'

자신있게 나선 일이었다.

그녀는 침상에 눈을 감고 누워 있는 이선옥을 내려다보았다.

이선옥의 팔다리는 힘없이 늘어져 있었고, 안색은 시체처럼 창백했다. 느리게나마 가슴의 기복이 없었다면 죽었다고 생각해도 이상하지 않았을 만큼 그녀의 상태는 좋지 않았다.

일행이 떨떠름한 얼굴로 진유아를 바라보고 있는 이곳은 안휘성과 강서성의 경계 지역인 회현의 객잔 별채였다.

장내에 있는 일행 중 유일하게 만면에 흐뭇한 미소를 짓고 있는 사람이 있었다.

사마화정이었다.

그녀는 아주 기꺼워하는 얼굴로 진유아에게 말했다.

"자기가 알아서 하겠다면서 다 맡겨두라고 큰소리 탕탕 쳤던 사람이 누구더라?"

진유아는 사마화정을 째려보았지만 별다른 말은 하지 않았다.

어쨌든 다른 사람이 손을 쓰겠다는 걸 막고 자신이 이선옥의 입을 열게 하겠다며 자신만만하게 큰소리친 건 사실이었기 때문이다.

사마화정과 진유아가 부딪치면 일행 중에 그것을 말릴 사람은 한 명밖에 없게 된다.

그 단 한 명, 산하가 나섰다.

"누님, 어려운 겁니까?"

"응."

진유아는 난감한 상황에서 자신을 구해준 산하에게 고마움을 느끼며 재빨리 그의 말을 받았다.

"뭐가 문제죠?"

"문제는… 이선옥에게 가해진 금제가 아니라 나야."

"예?"

"설마 이걸 이선옥에게 시술했을 거라고는 생각하지 못했어……. 천사종주는 아주 독한 놈이야."

"어떤 건데요?"

"이선옥에게 가해진 정신금제는 천사종의 수법 중에서도 최상위의 것이야. 천사쇄혼술이라는 건데, 극악무도하다고밖에 할 수 없는 수법이고 그만큼 시술하기 어려운 수법이지. 쇄혼술의 효과는 두 가지야. 하나는 피시술자의 잠재의식을 조정해 자신의 뜻대로 부리는 것이고 다른 하나는 중요한 정보를 보호하는 것이지. 이선옥이 쇄혼술에 당해 천사종의 제자가 된 건지 아니면 자발적으로 천사종을 도왔는지는 알 수 없어. 그건 중요한 문제도 아니고. 지금 중요한 건 누군가 쇄혼술로 보호되고 있는 정보에 강제로 접근하려 하면 쇄혼술을 시술받은 사람은 그 자리에서 즉사한다는 거야. 게다가 이 수법은 시술을 한 자조차도 정보에 접근할 수는 있어도 해제가 불가능한 거야. 하지만……"

진유아는 너무 붉어 핏물이 배어나올 것 같은, 도톰한 입술을 가볍게 한 번 깨물고는 말을 이었다.

"…내 능력이 온전했다면 쇄혼술을 해제하는 건 그리 어려운 일이 아니야. 나는 이선옥이 나를 시술자로 받아들이게 할 수 있거든. 완벽하게. 알잖아?"

산하는 고개를 끄덕였다.

진유아는 천요환상경을 말하고 있었다.

이선옥의 정신을 환상경으로 끌어들일 수만 있다면 진유아의 말대로 될 터였다. 하지만 진유아는 본래의 능력을 아직 회복하지 못했다.

환상경을 펼칠 수가 없는 것이다.

그녀의 말처럼 문제는 이선옥이 아니라 진유아 자신이

었다.

"쩝……."

이선옥에게로 시선을 돌린 산하는 아쉬움에 입맛을 다셨다.

진유아는 미안한 기색으로 한 걸음 뒤로 물러났다.

"미안해……."

산하는 고개를 저었다.

"누님은 많은 걸 알아내셨습니다. 자책하실 필요 없습니다. 운지와 건아의 의혹을 풀어주신 것만으로도 누님은 대단한 일을 하신 겁니다."

천사쇄혼술이 이선옥의 뇌리에 기억된 모든 정보를 보호하는 건 아니었다. 가능한 일도 아니었고.

그렇게 광범위하게 머릿속의 정보를 보호하려 하면 피시술자는 자신의 의지로는 아무것도 할 수 없는 반강시와 같은 상태가 된다.

제아무리 뛰어나다고 알려진 정신금제술도 그 한계를 피하지는 못했고, 천사쇄혼술도 예외는 아니었다.

쇄혼술 때문에 가장 중요한 정보를 얻지는 못했지만 이선옥이 발설한 정보의 가치도 그 무게가 가볍다고 할 수는 없는 것들이었다.

그들 중에는 이선옥이 왜 태화상단과 운무곡의 수뇌부의 정신을 미혼술로 장악하고, 재산을 빼돌렸는지에 대한 내용이 들어 있었다. 그리고 그것을 지시한 바로 위 상부자에 대한 내용도.

이선옥의 바로 위 상부자는 그녀의 사부인 운무곡의 이 장로 위청각이었다.

그녀의 모든 행동은 위청각의 지시에 의해 이루어졌다.

위청각은 산하 등이 갇혔던 철련관의 관주였으며, 이선옥에게 천사종의 절기를 가르쳐 준 자였다.

그는 이선옥에게 운지의 아버지인 갈몽을 유혹하게 하였으며, 그것이 성공한 직후 화태건의 부친을 유혹해 태화상단의 안주인으로 들어앉게 했다.

그 이후 벌어진 일은 산하 일행이 알고 있는 대로였다.

그녀는 두 세력의 수뇌부를 미혼술로 장악했고, 그 과정이 마무리되자 운무곡과 태화상단이 축적한 부를 뒤로 빼돌렸다. 그리고 빼돌린 자금의 전부를 팔황마신체의 제련에 투입했다.

당연한 수순이었다. 위청각과 그녀가 천사종주로부터 부여받은 임무는 팔황마신체를 완성시키는 것이었으니까.

팔황마신체의 제련은 천사종주의 오랜 염원이었으나 여러 가지 이유로 실행에 옮겨지지 못하다가 오 년 전 마침내 제련에 착수한 것이다.

팔황마신체의 제련에는 대법을 시술받을 수 있는 조건을 갖춘 자를 제외하더라도 큰 문제가 있었다.

그것은 자금이었다.

마신체 한 구의 제련에 들어가는 자금은 실로 막대해서 마신체의 조건을 갖춘 자가 준비되었다 하더라도 수십 구를 동시에 만들어내는 건 불가능했다.

천사종에서 지원한 자금과 운무곡이 일백 년을 모은 부, 태화상단의 재산까지 합쳤는데도 위청각과 이선옥은 세 구의 마신체를 제련하는 데 그쳤다. 그것도 버겁게.

산하의 시선이 화태건과 운지를 스쳤다.

화태건과 운지는 일행의 맨 뒤쪽에 서 있었다.

울적한 기색이 역력한 그들의 축 늘어진 어깨에는 힘이 하나도 없었고, 눈빛은 어두웠다.

운무곡을 떠난 지 이틀이 지났지만 그날의 상처가 아직도 그들의 마음을 힘들게 하고 있다는 것을 한 눈에 알 수 있었다.

어느 누가 바로 그처럼 참혹하게 친인을 잃은 상처에서 단숨에 벗어날 수 있을 것인가.

더구나 그들은 아직 스물도 채 되지 않은 나이들인 것

이다.

그나마 다행인 것은 그들과 함께 있는 사람들이 하나같이 그들을 아낀다는 것이었다.

일행 개개인이 당세의 거인이라 불리우기에 한 점의 모자람도 없는 인물들이다.

천하에 이보다 든든한 사람들의 아낌을 한 몸에 받는 사람이 과연 몇이나 더 있을까.

인복에 한해서 화태건과 운지는 복 받은 사람들이었고, 스스로도 그것을 잘 알았다.

덕분에 그들의 마음은 빠르게 안정을 찾아가고 있었다.

산하와 눈이 마주친 화태건과 운지가 웃으며 고개를 살짝 숙였다. 두 사람은 산하의 마음을 알기에 억지로라도 웃어 보이려 애쓰고 있었다.

"진 누님."

"응?"

"천사종주가 왜 갈 곡주와 화태강처럼 조건에 맞지 않는 사람들을 마신체로 제련하려고 시도한 것일까요? 성공할 수 없다는 걸 본인도 알고 있었을 텐데요?"

진유아의 대답을 바로 나왔다.

"실험체로 쓴 거야."

"예?"

"혈사존 막륜은 정통 후계자를 키우지 못했어. 그러니까 현재의 천사종주는 그에게 배운 자의 후손일 수가 없어. 인연이 닿아 그가 남긴 유진을 얻은 자일 거야. 팔황마신체와 같은 최고 난이도의 강시제련술은 스승에게 직접 사사하지 않으면 요체에 접근하기가 지난하기 그지없지. 유진만 보고 제련을 하려면 무수한 시행착오가 발생하는 걸 피할 수 없어. 두 사람은 정확한 제련술에 필요한 자료를 얻기 위해서 실험체로 소모된 거야."

산하의 눈썹이 가늘게 떨리며 일그러졌다.

진유아의 말은 냉정했고, 반박의 여지가 없을 만큼 정연했다.

그래서 듣는 사람을 더욱 분노하게 만들었다.

"개자식이로군. 생사람을 실험체로 쓰다니!"

천공후가 시근덕거리며 중얼거렸다.

냉정하게 말하던 진유아도 안쓰러운 눈으로 화태건과 운지를 돌아보았다.

그녀가 천공후의 말을 받았다.

"우리에겐 그렇지만 그는 당연히 필요한 과정이라 생각하며 지시했을 거예요. 그리고 두 사람에게 했던 사전 실험이 있었기에 카라마의 제련이 가능했던 것일 거고요."

"쩝……."

진유아의 말을 듣고 있던 산하가 입맛을 다셨다.

그에게서 아쉬워하는 기색을 읽은 진유아가 고개를 갸웃하며 물었다.

"왜 그래?"

"카라마 때문에요."

"카라마가 왜?"

"청해에서 처음 조우했을 때 그를 완전히 소멸시켰어야 했었는데……. 그게 아쉬워서요."

천공후가 고개를 아래위로 주억거렸다.

"그건 그렇다. 네가 그놈을 아주 가루로 만들었으면 이런 후환은 없었을 것을. 말하고 보니까 나도 아쉽네. 쿵!"

산하는 뒷머리를 긁적였다.

"불가능했던 걸 아쉬워하는 건 바보들이나 하는 짓이다."

툭 던지듯 말하며 끼어든 사람은 운천기였다.

일행의 시선이 일제히 그를 향했다.

그들은 산하가 카라마와 처음 싸웠던 당시의 상황을 알지 못했다. 산하는 그 일에 대해 결과만 말했을 뿐 과정에 대해서는 한마디도 한 적이 없었다.

산하는 뒷머리를 긁적였다.

운천기가 말을 이었다.

"카라마는 죽었지만 그때 산하의 상태도 숨만 쉬고 있을 뿐 카라마보다 별반 나을 것 없는 상태였어. 카라마를 완전히 가루로 만들지 못한 걸 아쉽다고 말하고 있지만……. 훗, 산하는 손가락 하나 까딱하지 못하는 상태였어. 거의 반은 죽은 거나 다름없는 지경이었지. 내가 손을 쓰지 않았다면 아마 산하는 그 자리에서 죽었을걸? 그러니까 모두 알아둬. 그게 당시 산하의 최선이었다는 것을."

사마화정을 비롯한 일행의 안색이 변했다.

그들은 뒷머리를 긁적이고 있는 산하를 올려다보았다.

그때 청해에서 돌아온 산하는 어디 여행이라도 다녀온 사람처럼 태평했었다. 그래서 일행은 당시의 상황이 운천기가 말한 정도로 엄중했으리라고는 생각지도 못했던 것이다.

진유아가 눈을 깜박이며 말했다.

"바보 맞네……."

짝짝!

사마화정이 난데없이 손뼉을 쳤다.

그녀가 밝은 목소리로 말했다.

"여기까지 하자고. 어차피 언니가 쇄혼술을 해제할 수 없다는 걸 안 이상 이선옥에게 연연하는 건 아무에게도 도움이 되지 않는 일이니까. 속 타는 건 우리가 아니라 천사종

이잖아. 때가 되면 기어나오겠지. 또 할 일도 많잖아? 우문
세가도 가야 하고. 이선옥을 계속 보면 태건이와 운지 맘도
아플 것이고."

장내에 경악의 찬바람이 태풍처럼 휘몰아쳤다.

"헉!"

눈을 부릅뜬 혁무산의 반응.

"우와!"

입을 헤벌린 천공후.

"이럴 수가… 쟤 이상해……."

못 볼 것을 본 사람처럼 두어 걸음 뒤로 물러나 산하에게
바짝 달라붙는 진유아.

"대랑, 혹시 어디 아프십니까……?"

걱정스러운 얼굴로 사마화정을 내려다보는 산하.

사마화정의 얼굴이 붉게 물들었다.

부끄러워서… 가 아니라 화가 나서였다.

"내가 못할 말 했어! 왜 나만 갖고 그래!"

붉어진 귓불에서 뜨거운 김이 새어 나왔다.

"아니 뭐 못할 말을 했다는 거보다는… 소저도 그런 말을
할 줄 아는구나라고 놀라서……. 딸꾹!"

어물어물 말을 받은 사람은 천공후였다.

말꼬리를 흐린 천공후는 사색이 되었다.

그의 말은 차라리 아니함만 못했다.

가뜩이나 활활 타는 장작에 기름을 끼얹은 격이었다.

사마화정은 도끼눈이 되었다.

그녀의 정수리에서 아지랑이 같은 열기가 솟아오르는 것을 본 사람들의 얼굴빛이 창백해졌다.

사마화정이 천공후를 노려보고 있지만 그들도 천공후 못지않은 반응을 보이지 않았던가.

천공후 다음이 누구 차례가 될지는 아무도 몰랐다. 하지만 사마화정의 성정을 생각하면, 그녀의 분노(?)가 천공후선에서 끝나지 않을 거라는 건 의심의 여지가 없었다.

다른 사람들은 슬금슬금 천공후의 뒤로 빠지다가 혁무산이 냅다 문을 박차고 뛰어 나가자 하나둘씩 그 뒤를 쫓아 도망치듯 방을 빠져나갔다.

잠시 후 방 안에서 북치는 소리와 함께 처절한 곡소리가 흘러나왔다.

"내가 우습다 이거지! 어디 한 번 더 말해봐!"

퍼벅! 퍽퍽! 퍼퍼퍼퍼퍼퍼퍽!

"으악! 소저… 소저! 말할 시간이나 주고 패든지… 으아아악! 으악! 컥! 사람… 거지 살려!"

* * *

바닥에 오체복지하고 있는 묵영의 정수리를 노려보는 천사종주의 숨결은 그답지 않게 많이 거칠었다.

악물고 있던 이의 힘을 빼며 그는 긴 숨을 내뱉었다.

"후우우우우우……."

뜨거운 화기(火氣)가 그 숨결을 따라 흘러나왔다.

그렇게 몇 번의 호흡으로 치미는 화기를 밖으로 내보낸 후에야 천사종주는 입을 열었다.

"묵영!"

"예, 지존."

"네가 무엇을 잃었는지 자각은 하고 있는 것이냐?"

방금 전의 화기는 찾아볼 수 없는 차분한 어조였다.

반대로 묵영의 안색은 핏기 하나 없이 희게 변했다.

그의 이마가 닿아 있는 바닥에 흥건한 물기가 번졌다.

식은땀이었다.

"제가 어찌 모르겠습니까. 죽여주십시오."

천사종주의 한쪽 입술 끝이 말려 올라갔다.

"당연히 죽일 거다."

차갑고 냉혹한 음성.

묵영의 등골을 따라 소름이 와르르 돋았다.

천사종주가 말을 이었다.

"네가 죽는다 해도 운무곡의 피해는 복구되지 않는다. 하지만 너를 살려두고는 내 심화를 달랠 길이 없구나. 너는 그곳에서 죽었어야 했다."

"지존께 그를 조심하라 전해야 한다고 믿었습니다. 삶에 미련을 갖고 도망쳐 온 것이 아닙니다, 지존."

"믿으마."

느릿하게 말을 뱉은 천사종주의 시선이 오른쪽을 향했다.

"오행마(五行魔)!"

묵영의 안색이 거무죽죽해졌다.

어느새 그를 중심으로 좌우와 등 뒤에 다섯 개의 그림자가 늘어나 있었다.

환영처럼 흐리지만 분명한 존재감을 느끼게 하는 그림자들.

다섯의 그림자는 각기 다른 오색으로 빛이 났다.

그들 중 황금빛을 띤 그림자가 있는 곳에서 쇳소리가 섞인 음성이 흘러나왔다.

"지존, 하명하십시오."

"묵영을 데려가라."

"존명."

"만회할 수 없는 실수를 하긴 했으나 지금까지 나를 보필

한 그의 공이 적지 않다. 고통없이 보내주도록."

"예, 지존."

묵영의 입술이 파르르 떨렸다.

쿵!

바닥에 찧은 이마에서 핏물이 번져 나올 때 그가 떨리는 목소리로 소리쳤다.

"천사종 불멸! 지존, 부디 대업을 이루시기를!"

천사종주는 표정없는 얼굴로 오행마라 불린 다섯 괴인에게 눈짓을 했다.

푸른빛 그림자와 갈색의 그림자가 묵영의 양쪽에서 그의 팔을 부여잡고 일으켰다.

묵영은 순순히 그들의 손길에 몸을 맡겼다.

오행마는 묵영과 함께 대전을 떠났다.

홀로 남은 천사종주는 태사의에 등을 깊게 묻었다.

그의 입가에 쓴웃음이 번졌다.

"다섯 자 두께의 강철벽이 세 번의 손짓 만에 무너져 내렸다……. 내 손에 죽을 줄 알면서도 묵영은 이곳에 왔다. 그의 보고가 거짓은 아닐 것이다. 하지만… 그의 말을 어떻게 액면 그대로 믿을 수 있단 말인가. 완성된 팔황마신체도 가능할지 의심스러운 위력이거늘. 천살광마혼의 잠능이 그처럼 가공스럽다는 건가. 아직 혼주로서 제대로 각성조차 하지 못한 것 같은데도 그런 능력을 발휘할 수 있다는 말인가. 하지만 사실이라면… 진마류… 진정 무서운 저력이로구나……."

그의 눈빛에서 무시무시한 빛이 일어났다.

"강산하… 너는 지금 웃고 있겠지. 마음껏 웃어라. 하지만 최후에 웃는 건 본좌가 되리라. 본 종이 숨죽이며 절치부심한 세월이 일백오십 년이다. 부흥한 지 칠십 년도 되지 않은 너희의 두 배에 달하는 세월 동안 본 종의 선조들은 치열하게 노력하셨다. 본 종이 고금제일문파라는 것을 증명하기 위해."

그의 눈빛은 분노와 살기로 젖어들었다.

"유청광… 네놈이 아니었다면 본 종은 사십여 년 전 천하를 얻었을 것이다. 그리고 금옥을 열어 영원불멸의 힘도 얻었을 것이다. 하지만……."

움켜쥔 그의 주먹에 지렁이 같은 힘줄이 돋았다.

"이제 네놈이 만든 천살광마혼주로 인해 금옥을 열 수 있을 것이니 지난 날 네가 본 종에 지은 죄는 감해주겠다. 지옥에서 지켜보도록 해라. 어떻게 본 종이 영원불멸의 무림제국을 건설하고, 진마류의 씨를 말리는지를. 지옥에서도 심심하지는 않으리라!"

第二章

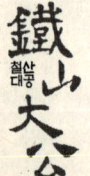

鐵山
철산
대공
大公

멀리 보이는 산에 시선을 고정하고 있는 산하의 얼굴은 들뜬 기색이 완연했다.

정상 부분이 구름에 휘감겨 있는 수많은 산봉우리와 그들을 품고 이백여 리에 걸쳐 펼쳐진 심산유곡들.

"일 년 만이구나. 변한 게 없군."

산하의 말에 천공후가 피식 웃었다.

"변한 게 없는 게 당연하지. 강산이 눈곱만치라도 변하는 데 걸리는 가장 짧은 시간이 십 년이라는 말도 들어보지 못했냐?"

산하를 놀리는 게 세상 사는 낙인 천공후의 말이었다.

화태건이 울컥한 얼굴로 나섰다.

"천 어르신, 진짜 지금 형님 심정 모르시고 그런 말씀하시는 건 아니죠? 형님은 지금 간만에 돌아온 고향 같은 곳이라 느끼는 감상이 남다르신 거잖아요!"

화태건을 보는 천공후의 눈이 사시가 되었다.

"이 자식은……. 누가 보면 산하가 네 녀석 남편인 줄 알겠다. 치마도 안 입은 놈이 웬 편을 그리 드누?"

화태건의 얼굴이 시뻘게졌다.

남편이라니!

아무리 그가 곱상하게 생겼다 해도 아침마다 어기적어기적 걸을 수밖에 없는 어엿한 사내대장부다.

"천 어르신!"

천공후는 귀를 후볐다.

"귀청 떨어진다, 이놈아. 작게 말해라. 아직 내 귀 안 먹었어."

"저 거지 놈은 곧 무덤 갈 나이면서도 애 놀리는 게 어지간히 재미있나 봐. 하여튼 나잇값을 못한다니까."

혁무산이다.

진유아가 말을 받았다.

"천 대협도 슬슬 노망날 나이가 되긴 했죠."

천공후가 산하를 놀리는 걸 보자 그녀도 빈정이 상한 것이다.

천공후는 슬며시 주변을 돌아보았다.

아무도 그와 편을 먹으려는 기색을 보이지 않았다.

혁무산과 진유아가 뭐라 하든 신경 쓰지 않는 그다. 하지만 사마화정까지 나서게 되면 뒤가 무섭다.

다행히 사마화정은 산하의 굵은 팔뚝에 한 손을 올려놓고 그와 함께 멀리 보이는 산을 볼 뿐 천공후가 뭘 하든 관심이 없는 기색이었다.

'휘유우. 다행이다.'

사마화정이 산하에게 말했다.

"많이 좋으신가 봐요?"

"예, 대랑."

산하는 싱긋 웃으며 대답했다.

그들이 있는 곳은 강서성이었다. 그가 보고 있는 산은 옥화산이었고.

어찌 기분 좋지 않을 수 있겠는가.

근 일 년 만에 돌아온 마음의 고향이었다.

화태건이 그의 곁으로 다가오더니 고개를 숙였다.

"죄송해요, 형님. 저 때문에 또 길을 돌아가게 되어서……."

산하는 풀썩 웃으며 한 손을 화태건의 어깨에 얹었다.

"무슨 소리냐! 네 덕분에 여러 형님들과 유 낭랑, 그리고 연아 얼굴까지 볼 기회를 얻었는데. 오히려 네게 고맙다는 말을 해야 하지 않나 고민 중이었다."

화태건의 안색이 밝아졌다.

종초희가 조심스러운 기색으로 산하에게 물었다.

"그런데 저기 있는 사람들이 정말 믿을 만한 건가요? 주 공을 뵙고 나서 궁의 정보망을 이용해 알아본 바로는 사람을 상하게 하지 않는 특이한 산적집단 하나와 삼백 명도 되지 않는 화전민 마을 사람들밖에 없던데요? 태화상단의 규모는 절강오대상단에서도 수위를 다툴 정도예요. 이선옥이 상단의 내부를 얼마나 망가뜨렸는지 모르잖아요. 건아의 도움이 있다 하더라도 그 정도의 상단을 정상화시키려면 평범한 능력을 가진 사람으로는 어려워요."

종초희는 옥화산에 있는 사람들의 능력을 믿을 수 있는 지 에둘러서 묻고 있었다.

산하의 미소가 진해졌다.

"백문이 불여일견이죠. 그분들을 직접 보면 종 소저도 안심하실 겁니다."

저렇게 말하는 데야 토를 달 수는 없는 일이다.

회현에서 이선옥을 열락궁으로 보낸 일행은 다음 목적지를 옥화산으로 잡았다.

전 무림을 들썩이게 만든 우문세가의 무림대성회는 이번에도 가차없이 뒤로 밀렸다.

일행이 우선 논의한 사항은 화태건의 집, 태화상단이었다.

태화상단의 정상화는 시급한 일이었다.

이선옥은 태화상단에 대해서도 여러 가지를 말했는데 그것을 들은 화태건은 여러 날이 지나도 마음을 잡지 못했다.

그만큼 태화상단의 사정은 좋지 않았다.

이선옥은 화태건의 아버지 화인청을 미혼공으로 유혹하여 혼인했다. 상단주 화인청의 권위를 등에 업은 그녀는 태화상단의 요인들의 정신을 미혼공으로 장악해 나갔다. 그 과정은 반년도 걸리지 않았다.

본래 외부의 적을 방비하는 건 어렵지 않지만 내부의 적을 방비하기는 어려운 법이다.

일 년 후 그녀는 막내인 무결을 낳았고, 그 반년 후 큰아들 화태성을 독으로 죽였다. 그녀의 독심은 그치지 않았다. 둘째인 화태강이 집 안에 있는 것을 견디지 못할 정도로 괴롭혀 그를 쫓아낸 것이다. 직후 화태건은 화태강을 찾아 가출했다.

태화상단 내에서 그녀의 전횡을 막을 수 있는 사람들은 미혼공에 정신을 제압당하거나 혹은 죽거나 혹은 쫓겨났다.

무인지경이 되다시피 한 상단 내에서 그녀는 무소불위의 존재였다.

문제는 그뿐만이 아니었다.

이선옥이 낳은, 화태건이 막내로 알고 있는 화무결은 화씨 집안의 아이가 아니라 위씨 집안의 아이였다. 아버지가 이선옥의 스승인 위청각이었던 것이다.

바로 잡아야 할 것이 하나둘이 아니었다.

그런 사정을 알면서도 나 몰라라 할 수는 없었다.

산하는 태화상단을 정상화시켜야 한다고 말했고, 그 임무를 수행할 수 있는 사람을 추천해 달라고 일행에게 부탁했다.

갑론을박이 있었다.

하지만 결론은 쉽게 났다.

개방과 열락궁, 마천루는 태화상단을 정상화시킬 수 있는 능력자들을 다수 보유하고 있었다. 그러나 그들을 태화상단에 보낼 수는 없었다.

절강을 비롯한 강남에서 태화상단이 갖는 위치는 작지 않았다.

세 문파에서 보낸 사람들이 태화상단을 장악한다면 강호의 호사가들은 사시를 뜨고 그들을 볼 것이 뻔했고, 뒤를 이어 온갖 중상모략이 난무하는 걸 보게 될 터였다.

그렇다고 사마화정과 천공후, 혁무산이 그런 상황을 걱정하는 건 아니었다. 그런 생각 자체를 하지 않는다는 게 보다 정확한 표현일 테지만.

중요한 건 언제나 그렇듯이 사마화정 등은 그다지 열의가 없었고, 은연중 일행의 행로에 대한 결정권자가 되어버린 산하가 결론을 내야 하는 입장이 되었다.

산하는 옥화산 사람들에게 태화상단을 맡기기로 했다.

옥화산은 절강성과 인접해 있어서 거리상으로도 가까웠고, 열락궁 등에 있는 능력자보다 더하면 더했지 못하지 않은 사람들이 우글거렸다.

물론 그건 아직까지 산하만 아는 사실이긴 했다.

때문에 종초희처럼 의문을 제기하는 사람이 나오는 것도 당연했다.

"왜들 저러는 거냐?"

점점 험악해지는 옥화산의 중턱을 지날 즈음 천공후의 입에서 나온 말이다.

그는 어리둥절한 기색이 완연했는데, 그뿐만 아니라 다

른 사람들의 표정도 그와 별반 차이가 없었다.

우당탕! 쿠당탕!

후다다다다닥!

펄쩍! 펄쩍!

휘리릭! 휘리릭!

산중에는 옷자락 스치는 소리부터 뛰다가 넘어지는 소리, 온갖 괴상한 소음이 난무하고 있었다.

그리고 그 소음에는 일정한 규칙이 있었다.

그 규칙은 두 가지였는데, 하나는 사람임에도 말소리가 전혀 없다는 것이고, 두 번째는 소음이 산하 일행으로부터 무조건 멀어지고 있다는 것이었다.

산하는 머쓱한 얼굴로 뒷머리를 긁적였다.

"큰형님의 수하들이 저를 발견한 모양입니다. 큰형님께 보고하러 가느라 나는 소리가 아닌가 싶군요."

가만히 귀를 기울이고 있던 운천기가 고개를 갸우뚱하며 말을 받았다.

"운신을 보면 경공이 하나같이 경지에 이른 자들인데……. 거 참, 이상하구나. 저 정도 경지의 경신술을 익힌 자들이 몸을 날리다가 나무에 이마를 박고, 다리가 꼬여 넘어질 수가 있다니……. 저들이 너와 형제처럼 친한 게 맞는 거냐? 내 느낌으로 저들은 너를 보고 놀라 도망치고 있는 느낌인데? 놀라도 보통 놀란 것 같지가 않다. 사슴이 호랑이와 맞닥뜨려도 저 지경으로 기절초풍하지는 않겠다."

"하하… 하…….. 도망이라뇨? 그럴 리가 없습니다. 저와 십여 년을 한 몸처럼 연무하며 지낸 사람들인걸요."

산하는 어색하게 웃으며 말했다.

"그래?"

운천기의 눈이 가늘어졌다.

다른 사람들의 눈길도 비슷해졌다.

하나같이 믿지 못하겠다는, 불신으로 가득 찬 시선들이다.

산하의 이마에 땀이 삐질삐질 났다.

그는 정말 옥화산채 사람들이 왜 저렇게 바쁘게 멀어지는지 짐작 가는 바가 없었다.

자신을 보고 놀라 도망친다는 생각 같은 건 조금도 하지 못했다.

떠날 때도 단체로 큰절을 할 정도로 아쉬워하며 그의 조속한 귀환을 기원했던 사람들이 아니던가.

의구심을 가지고 산하는 걸음을 빨리 옮겼다.

산에는 어둠이 빨리 온다.

길을 재촉해서 왔지만 일행이 옥화산의 중턱에 도달했을 땐 벌써 해가 지고 있었다.

산하가 일행을 안내한 길은 짐승들이 다니며 생긴 작은 오솔길이었는데 주변은 십여 장 높이의 거목들이 울창하게 우거져 있었다.

종초희가 산하에게 물었다.

"지존, 얼마나 남았나요? 오래 가야 한다면 이곳에서 노숙하는 게 어떨까요?"

그녀 우측에 보이는 이십여 평의 숲 속 공터를 손으로 가리키고 있었다.

산하는 하늘을 올려다보았다.

어둠은 도둑처럼 찾아들어 벌써 사위를 완전히 장악하고 있었다.

옅은 구름에 뒤덮인 하늘엔 별도 달도 보이지 않았다.

말 그대로 칠흑 같은 어둠이었다.

산하는 눈을 껌벅였다.

마을은 멀지 않았다.

경공을 쓰면 반 시진도 걸리지 않을 것이다.

하지만 어둠 속에서는 맹인이나 다름없는 화태건과 운지를 생각하면 굳이 어둠을 벗 삼아 산길을 갈 필요는 없었다. 마을과 산채가 도망을 가는 것도 아니었고.

그가 대답했다.

"마을이 그리 멀지는 않지만 여기서 노숙하고 가는 것도 괜찮을 것 같습니다. 산길이 험해서 건아와 운지가 많이 힘들 겁니다."

일행 중에 산하가 무언가를 하자는 데 반대를 할 사람은 없다.

천공후와 혁무산이 손을 몇 번 휘젓자 공터는 순식간에 깔끔해졌다. 잘린 풀들이 푹신하게 깔렸고, 잔돌 하나 찾아볼 수 없었다.

길을 갈 때면 어지간한 길은 그냥 직진해 버리는 산하 덕분에 일행에게 노숙은 일상이 되어버린 상태다.

그러나 보통 사람들이 노숙에 쓰는 장비들은 이들 일행에게 해당사항이 별로 없었다.

종초희와 화태건, 운지를 제외한 모든 사람이 한서(寒暑)가 불침하고 어둠을 대낮처럼 보는 경지의 초강고수들이다. 게다가 무공이 그 정도의 경지에 이른 고수들은 운기조식이나 명상으로 수면을 대신한다. 그리고 며칠 굶어도 배고픔을 느끼지 않는다.

필요한 물품이 많을 턱이 없는 것이다.

그래도 기본적으로 필요한 것들은 챙기고 다니는 사람이 있다.

물론 종초희였다.

그녀는 행낭에서 한줌의 건량과 주향이 진하게 나는 작

은 호로병을 꺼냈다.

천공후가 냉큼 그녀의 앞으로 다가와 앉았다.

종초희는 맑게 웃으며 천공후에게 호로병 하나를 건넸
다.

일행 중에 술을 즐기는 사람은 천공후가 유일했다.

마도의 거물인 혁무산은 술을 거의 입에 대지 않았다. 가
끔 흥이 동한 사마화정과 대작할 때나 한두 잔 할 뿐이었
다.

성격이 불같고 손속이 잔혹해서 그렇지 생활 속에서의
절제만을 본다면 혁무산은 수도승이나 다름없는 생활을 했
다.

진유아와 사마화정은 건량을 한 조각 씹어먹었을 뿐 다
른 건 손도 대지 않았다.

고수여서 적게 먹는 게 아니었다.

그녀들이 적게 먹는 이유는 간단했다.

많이 먹으면 살이 찌니까.

일행이 건량을 우물거리고 있을 때였다.

쿵, 쿵, 쿵!

숲 저 먼 곳에서 거친 굉음이 들려왔다.

꺄악꺄악!

후드득!

놀란 밤새들과 산짐승들이 뛰는 소리가 들려왔고, 간혹 우지끈 하며 나무가 부러지는 소리도 났다.

"곰이라도 오나? 웬 난리야?"

호리병의 술을 아까운 듯 홀짝거리던 천공후가 자리에서 일어났다. 태평하게 말하긴 했지만 그의 눈가엔 긴장의 기색이 떠올라 있었다.

팔베개를 하고 누워 있던 운천기가 상체를 일으켜 앉으며 말을 받았다.

"기세가 범상한 자가 아닌걸?"

일행의 이목은 소리가 나는 방향으로 향했다.

천공후와 운천기를 긴장시킬 만한 누군가가 그들이 있는 곳으로 다가서고 있었다.

그때 산하가 환한 얼굴로 유쾌하게 웃으며 말했다.

"하하하, 괜찮습니다. 둘째 형님입니다."

"응?"

"뭐?"

일행이 산하를 돌아보았을 때 산하는 지면을 박차고 삼 장 위 허공에 몸을 띄우고 있었다.

"장수 형님! 저 왔습니다!"

우르르르르—

산하의 일성이 얼마나 컸는지 주변의 나뭇가지들이 세차

게 전신을 떨어댔다.

"왔구나, 이놈! 얼마나 기다렸는지 아느냐!"

산하의 일성과 비교해도 뒤지지 않는 사내의 걸걸한 일성대갈이 천둥처럼 옥화산을 뒤흔들었다.

잠시 후 굵은 아름드리나무 두 그루를 버드나무 가지처럼 가볍게 양쪽으로 밀어내며 그 사이로 걸어 나오는 장년인을 본 일행의 눈이 휘둥그레졌다.

허름한 마의를 대충 걸치고 있는 장년인은 산하보다 키가 일 척가량 작았지만 덩치는 두 배가 넘었다.

그 거대한 육체 전부는 터질 듯한 근육으로 꽉 차 있었고, 허리춤에는 족히 다섯 자가 넘을 것 같은 대부(大斧)가 장난감처럼 매달려 덜렁거렸다.

보는 이의 숨을 막히게 할 정도로 압도적인 분위기를 뿜어내는 사내였다.

그는 옥화삼거악의 둘째이자 강서성 제일의 나무꾼을 자처하는 사내, 곽장수였다.

어느새 지면에 발을 딛고 서 있던 산하가 환하게 웃으며 곽장수를 향해 뛰어갔다.

"형님!"

"산하야!"

두 사람이 거세게 서로의 팔뚝을 부여잡았다.

쿵!

일 년여 만에 만나는 두 사람의 해후는 진정으로 가득 차 있었지만 보는 사람들은 식은땀을 흘렸다.

산하만 해도 생전 두 번 보기 어려운 거구였는데 키는 산하보다 못하지만 덩치는 그보다 배는 더 큰 거한이 산하와 함께 서 있는 것은, 실로 부담스럽기 그지없는 장면이었던 것이다.

화태건이 입을 딱 벌리며 운지의 귀에 속삭였다.

"깔려죽을 것 같다, 운지야."

운지는 화태건의 옆에 바짝 붙어서며 그의 소맷자락을 살짝 부여잡았다.

"응, 오빠. 나 좀… 무… 서워."

"솔직히… 나도 그래. 세상에 형님만큼 큰 분이 또 있을 줄이야…….."

그들의 말을 들었는지 산하와 곽장수가 화태건을 보며 동시에 웃었다.

말은 안 했지만 그들은 장파룽을 생각하고 있었다.

자신들을 보고 저런 반응이면 장파룽을 보았을 때 어떤 반응이 나올지 상상만 해도 재미있었던 것이다.

산하는 곽장수를 일행에게 소개했다. 자신이 모신 두 명의 의형 중 한 명이라고.

일행의 신분도 숨기지 않고 곽장수에게 알려주었다.

양쪽 모두 산하에게는 가족이나 다름없는 사람들이라 무언가를 숨긴다는 생각은 하지도 못한 것이다.

놀랍게도 평생 옥화산과 그 인근 지역을 떠난 적이 없다고 알려진 곽장수는 사마화정과 천공후, 혁무산을 알고 있었다. 그리고 그들의 이름을 듣고도 크게 놀라지 않았다. 진심으로 반가워할 뿐이었다.

오히려 놀란 건 사마화정 등이었다.

산하의 말 때문이었다.

"대랑, 그리고 어르신들. 곽 둘째 형님은 선사님과 유 노야의 가르침을 받은 분입니다. 정식으로 사제지간을 맺지는 않아 의발을 전수받지는 못했지만 무기명전인이나 다름없습니다."

"아!"

사마화정 등은 곽장수가 자신들의 신분을 알고도 그다지 놀라지 않은 이유, 그리고 그에게서 느껴지는 기세가 범상치 않은 이유를 알게 되었다.

곽장수가 일행에게 말했다.

"굳이 여기서 노숙을 하실 필요가 있겠습니까. 제가 마을까지 안내하겠습니다. 소식을 들은 유 낭랑과 연아가 목을 빼고 기다리고 있습니다."

그의 시선이 화태건과 운지를 향했다.

"아마 노숙을 하는 이유가 저 두 사람 때문인 거 같은데, 저 둘은 제가 맡겠습니다."

곽장수는 대답을 기다리지 않고 화태건과 운지에게 다가갔다.

곽장수가 두 사람 앞에 섰을 때 마침 구름 사이로 달이 드러나며 곽장수의 등을 비췄다. 그의 앞으로 그림자가 길게 드리워졌다.

화태건과 운지가 나란히 서 있는데도 곽장수의 그림자는 그들을 덮고도 많이 남았다.

"어린 형제와 꼬마 아가씨, 잠깐 실례하겠네."

곽장수는 두 사람에게 허락을 할 틈을 주지 않았다.

한 손에 한 명씩 허리춤을 움켜쥔 그는 손을 번쩍 들었다.

화태건과 운지의 무게가 전혀 느껴지지 않는 듯 그의 손길은 가벼웠다. 그는 화태건을 오른쪽 어깨에, 운지를 왼쪽 어깨에 턱하니 올려놓았다.

지켜보던 사람들의 입이 다시 한 번 더 벌어졌다.

산하와 곽장수가 너무 커서 그렇지 화태건과 운지도 이제는 소년소녀의 태를 많이 벗어서 일반인 사이에 섞여 있으면 작다고만 할 수 없는 키와 몸집을 갖고 있었다.

그런 두 사람을 양어깨에 올려놓았는데도 곽장수의 어깨는 상당한 여유가 남았다.

참지 못한 혁무산이 탄성을 토했다.

"무시무시하게… 덩치 큰 의형제다!"

다들 같은 마음이었다.

곽장수의 안내를 받은 일행은 반 시진 만에 화전민 마을에 도착했다.

그리고 그곳에서 산하와 화태건은 정말 반가운 두 사람과 해후할 수 있었다.

숭양보의 일이 끝나고 헤어졌던 유청림과 공연연 모녀였다.

"멧돼지 아저씨!"

횃불이 환한 마을 중앙으로 들어선 산하를 보자마자 댕기머리를 휘날리며 뛰어온 연아의 입에서 나온 첫마디는 일행을 기다리던 마을 주민 삼백여 명과 일행 전부를 포복절도하게 만들었다.

"푸하하하하하하!"

"호호호호!"

쪼그려 앉은 산하도 환하게 웃으며 양팔을 활짝 벌렸다.

"연아야!"

폴짝!

산하의 무릎을 밟고 폴짝 뛰어오른 연아가 한 마리 아기 사슴처럼 그의 품으로 달려들었다.

헤어질 때도 조금씩 살이 붙고 있었던 연아의 몸은 은근한 무게가 느껴질 만큼 토실토실하게 변해 있었다.

연아를 목마 태운 산하와 유청림의 시선이 마주쳤다.

유청림은 환하게 웃으며 산하를 향해 대례를 올렸다.

"은인을 뵙습니다."

"언제나 정중하십니다, 유 낭랑. 그러지 마시라니까요."

허리를 편 유청림은 빙긋 웃기만 했다.

산하의 입가에도 웃음이 떠나지 않았다.

그가 말했다.

"좋아 보이십니다. 사실 유 낭랑과 연아를 이곳으로 보내면서 걱정을 많이 했었습니다. 이곳이 너무 깊은 산속이어서요."

유청림은 웃으며 고개를 가로저었다.

"모두 제게 너무 잘해주세요. 이제 저와 연아에게는 이곳이 고향이나 다름없어요. 저희 모녀를 이곳에 정착할 수 있도록 배려해 주신 공자님께 마음 깊이 감사드리고 있어요."

그들이 오랜만의 해후에 젖어 있을 때 일행의 다른 사람들은 마을 사람들을 둘러보며 어이없어하고 있었다.

천공후가 팔꿈치로 혁무산의 옆구리를 쿡 찍으며 작은 목소리로 말했다.

"혁가야… 이 동네, 뭐냐? 어느 놈이 여기를 촌동네라고 한 거야, 대체?"

평소라면 옆구리를 찍은 천공후의 팔꿈치를 잡아 꺾으려 들었을 혁무산이었다. 하지만 이번에는 그저 고개만 끄덕였다.

그가 말을 받았다.

"거지, 네 말이 맞다. 괴상한 동네야. 저들 중 일백 명 정도는 절정의 초입에 발을 들여놓은 자들이고, 그중 삼십 명 가량은 내 백초지적이다."

혁무산이 턱끝으로 마을 사람들의 가장 안쪽에 서 있는 십여 명의 중년인을 가리켰다. 그들은 산하와 곽장수, 유청림 모녀를 흐뭇한 얼굴로 보며 두런두런 얘기를 나누고 있었다.

"그리고 저기 있는 자들 중 서너 명은, 승부를 내려면 일천 초는 걸릴 수준이고."

"너도 그렇게 느꼈구나."

천공후가 고개를 휘휘 저으며 어이없다는 어투로 말했다.

진유아가 두 사람을 돌아보았다.

"산하가 이곳을 애기할 때 항상 시골 고향 애기하듯 해서 간단하게 생각했는데……. 용담호혈이네요, 이곳은."

사마화정도 고개를 끄덕였다.

"이 정도면 무림에서 열 손가락 안에 꼽힐 만한 전력이에요, 언니."

"그렇게 생각들 하시면 아마 형님이 서운해하실지도 모릅니다."

조심스러운 어조로 끼어든 사람은 화태건이었다.

대화를 나누는 사람들의 면면을 생각하면 무림의 예의상 그와 같은 후생소배가 끼어드는 건 있을 수 없는 일이었다. 하지만 누구도 화태건을 버릇없다고 생각하지 않았다.

화태건은 그들과 고락을 함께한 일행 중 한 명이었으니까.

천공후가 눈을 끔벅이며 물었다.

"뭔 소리냐?"

화태건은 산하를 만난 후 그의 습관이 되어버린 행위, 뒷머리를 긁적이며 대답했다.

"이곳에는 화전민 마을만 있는 게 아니잖아요. 산하 형님이 이곳에 대해 말하며 언급하셨던 분들을 잊으셨어요? 무력으로는 마을 사람들보다 더 강한 세력이 있고, 그것을 이끄는 사람이 산하 형님의 큰형님이라고 하셨잖아요. 아까산 중턱에서 어르신들이 느꼈던 사람들, 생각나시죠? 어르신들이 놀란 토끼처럼 이리 뛰고 저리 뛴다고 했던 분들이요. 그분들이 이 마을 사람들이라고 생각되지는 않아요."

"억!"

"그렇구나."

"잊고 있었네."

다양한 반응들이 튀어나왔다.

그리고 그 반응이 끝나기도 전에 화태건이 언급한 세력의 주인공이 장내에 등장했다.

第三章

"이놈의 자식들! 나만 빼놓고 잘들 놀고 있구나!"

허공에서 굉량하다는 말 외에 다른 표현이 생각나지 않을 만큼 커다란 목소리가 들려왔다.

사람들은 너 나 할 것 없이 머리를 들었다.

그들은 볼 수 있었다.

수십 장 허공을 바람처럼 가볍게 가로지르며 날아오는 실로 고대(高大)한 사람의 그림자를.

삼십여 장이 넘는 거리를 한 걸음에 건너뛴 사내는 산하와 곽장수 부근에서 화살 맞은 기러기처럼 뚝 떨어져 내렸다.

쿵!

육중한 굉음과 함께 그를 중심으로 방원 십여 장의 지면
이 크게 들썩였다.

흙먼지가 산처럼 일어났다.

"켁켁!"

"콜록콜록!"

"채주, 좀 살살 내려오시면 어디가 덧나시오?"

막 오십 줄에 접어드는 초로의 사내, 마을 촌장 노광이
머리를 뽀얗게 덮은 먼지를 털어내며 투덜거렸다.

등장한 사내는 머쓱한 얼굴로 히죽 웃었다.

"노 촌장, 세 살 버릇 여든 가는 거 아니겠소. 이해하시구
려."

누가 들어도 빈말이라는 걸 알 수 있는, 성의라고는 약에
쓰려고 해도 찾아볼 수 없는 한마디를 노광에게 툭 던진 사
내는 산하와 곽장수를 향해 두 팔을 활짝 벌렸다.

"이노무 자식들, 죽고 싶냐! 나만 빼고 놀아!"

"큰형님! 저 왔습니다!"

산하는 활짝 웃으며 고개를 숙였다.

그의 움직임을 따라 연아도 몸 전체가 사내를 향해 숙여
졌다.

사내는 연아가 떨어질까 놀란 듯 커다란 손으로 연아의 상체를 받았다.

손의 크기와 달리 그의 손놀림은 조심스럽기 그지없었다. 연아의 상체는 사내의 손바닥보다 크지 않았다.

"애 떨어지겠다, 이놈아!"

사내가 등장할 때부터 사마화정 등은 반쯤 넋을 잃고 있었다.

혁무산이 중얼거렸다.

"세상에……. 산하보다 일 척은 더 크겠구나. 내 평생 저런 거인은 처음 본다……."

이 또한 다들 같은 심정이었다.

등장한 사람은 고대(高大)하다는 표현 외에는 다른 말로 표현할 수 없는 사람이었다.

그는 산하보다 키가 일 척이 더 컸으며, 덩치는 곽장수보다 반 자가 더 컸다.

등에는 길이 여섯 자, 폭 한 자가 넘어 보이는, 도갑이 없는 대도(大刀)를 메고 있었다.

그는 곽장수 저리 가라 할 만큼 압도적인 분위기를 가진 사내였다.

사마화정 등은 산하와, 곽장수, 새로 나타난 고대한 체구의 장년인을 번갈아보며 벌린 입을 다물지 못했다.

산하와 함께 다니는 동안 그들은 산하보다 큰 사람을 한 번도 본 적이 없었다.

산하는 그 정도로 장대한 키와 몸집을 가지고 있었다. 곽장수도 덩치가 산하보다 클 뿐 키는 산하보다 일 척이 적었다.

그런데 지금 나타난 사내의 키는 산하보다 무려 일 척 이상이 더 컸다.

놀라지 않는다면 이상한 일이었다.

하지만 일행 중에도 예외인 사람이 한 명 있었다.

그는 천공후였다.

천공후 또한 놀란 표정이었지만 놀란 내용은 다른 사람과 큰 차이가 있었다.

"저 친구가 이런 오지에 숨어 있었을 줄이야……."

"엉?"

혁무산이 눈을 크게 떴다.

그가 천공후에게 물었다.

"저 거인을 아냐?"

"너도 아는 사람이다."

혁무산은 다시 한 번 고대한 중년인을 훑어보았다. 그리고 고개를 저으며 말했다.

"내가? 나는 모르겠는데?"

"본 적은 없겠지. 한창 왕성하게 활동하던 시절에도 장강 밖으로는 나들이를 하지 않았던 친구였으니. 하지만 저 친구의 별호는 분명히 너도 알아."

"말 돌리지 마라. 답답하다. 저자가 누군데?"

두 사람의 대화를 듣고 있던 일행의 시선이 일제히 천공후를 향했다.

어서 빨리 거인의 정체를 밝히라고 재촉하는 눈빛들이다.

천공후는 짧은 수염을 느긋하게 쓸어내렸다.

일행의 궁금함을 은근히 즐기는 기색.

그의 시선이 사마화정을 향했다.

으쓱해하는 기색이 역력한 몸짓과 눈빛이다.

사마화정이 고개를 뒤로 젖혀 천공후의 눈빛을 옆으로 흘리며 툭 뱉듯이 말했다.

"천가야, 어디에 개기름 줄줄 흐르는 눈을 들이대는 거야. 뜸들이면 죽는다. 불어!"

천공후의 어깨가 소심하게 움츠러들었다.

그가 맥 빠진 목소리로 말했다.

"소저도 저 친구의 별호는 들어 봤을 거요. 열락궁에 은거하기 전에도 우리와 같이 한 묶음으로 불리던 친구였으니까."

"한 묶음? 설마 저자가 우내십오강의 일인이란 말이야?"

천공후는 고개를 끄덕였다.

"그렇소이다. 소저, 그는… 장강의 용왕이라 불리던 장강수로채주 장파릉이요."

"뭐?"

"헉!"

"누구라고!"

사마화정과 혁무산 같은 당세의 거인들조차 장파릉의 별호를 듣고 놀람을 금치 못했다.

진유아와 화태건, 그리고 운지는 그 이름을 들어본 적이 없어 눈만 깜박거렸지만 일행 중 그들 다음으로 젊은 종초희조차 안색이 변할 정도로 놀랐다.

장강용왕 장파릉.

십여 년 전 홀연히 종적을 감추기 전까지 이십여 년의 세월 동안 장강수로채를 일통하고 천하의 물길을 지배했던 물의 제왕이 그였다.

후다다다다다다!

장파릉이 산하와 손을 맞잡고 재회를 즐기고 있을 때 숲속에서 이백여 명의 사내가 헐떡거리며 튀어나왔다.

"헉헉헉헉헉!"

그들은, 머리는 평생 한 번도 빗지 않은 듯 칡넝쿨처럼 뒤엉킨 데다 상체는 벗고 하의만 입고 있어 거친 분위기가 물씬 났다.

더해서 등에는 날도 제대로 서지 않은 거치도를 메고 있었다.

거칠다는 느낌을 넘어 무지막지하게까지 느껴지는 사내들이었다.

숲을 벗어난 사내들은 누가 시키지도 않았는데 얼굴이 넙데데하고 몸매가 펑퍼짐한 중년인을 중심으로 대오를 정렬하더니 느닷없이 산하를 향해 큰절을 하며 소리쳤다.

"소신선의 귀향을 열렬히, 진심으로, 성심을 다해서, 절대적으로 환영하는 바입니다!"

하늘이 무너지는 듯 우렁찬 음성.

그들과 인사를 받은 산하를 제외한 모든 사람, 마을 사람과 산하 일행까지 고막을 틀어막고 비틀거렸다.

잠시 후 귀를 막았던 양손을 내리며 혁무산이 중얼거렸다.

"이곳은, 용담호혈이라는 말도 부족하다. 뭐 이런 동네가 다 있냐."

처음 용담호혈이라는 말을 꺼냈던 진유아가 말을 받았다.

"그러게요……. 어떻게 저런 사람들이 오백 명씩이나 한

곳에 모여 있을 수 있는 거죠? 분위기를 보니 서로를 한 식구처럼 여기는 것 같은데……. 무림사에 이만한 전력을 가졌던 단일력집단이 있었나요? 저는 기억이 나질 않는군요."

놀람과 경탄의 기색을 숨기지 못하는 어조였다.

졸지에 이백여 명에 달하는 산적의 큰절을 받은 산하는 얼굴을 붉혔다.

"어떻게 하나도 변한 게 없습니까! 하지 말라고 했잖습니까!"

펑퍼짐한 중년인, 황노삼은 빙긋 웃으며 산하를 향해 정중하게 포권했다.

"소신선, 말린다고 들을 사람들이 아니라는 걸 잘 아시지 않습니까. 아무튼 건강하게 돌아오신 모습을 뵈니 이 황모, 너무 좋습니다."

뭐라 하든 진심은 전해지는 법이다.

산하는 흰 이를 드러내며 싱긋 웃었다.

"황 노대, 반겨주셔서 감사합니다. 집에 돌아오니 정말 좋네요."

"소신선께서 돌아오신 걸 반겨주실 분이 한 분 더 계십니다."

"예? 다들 오신 거 같은데……."

황노삼의 뒤를 훑어본 산하가 어리둥절한 어조로 중얼거렸다.

황노삼은 슬쩍 장파릉을 일별하고는 산하의 말을 받았다.

"이곳에는 오지 않으셨습니다. 산채에서 기다리고 계십니다. 아래쪽에서 손님을 기다리던 아이들이 소신선께서 오셨다는 소식을 가져오자 바로 음식 준비에 들어가셨습니다. 지금쯤이면 준비도 끝났을 겁니다. 그곳으로 가시죠."

장파릉이 거들었다.

"가자. 오늘은 코가 삐뚤어지게 마셔보자. 장수 놈 주량은……."

그는 오른손을 들어 올리더니 검지의 한 마디를 짚으며 말을 이었다.

"…자기 고추만 해서 그동안 얼마나 감질나던지……. 하여튼 혼났다."

기겁한 곽장수가 유청림을 한 번 곁눈질로 보고는 버럭 소리를 질렀다.

"형님, 무슨 소립니까!"

방금 전보다 큰 음성이 이어졌다.

"산하보다는 작지만 형님보다는 크잖습니까!"

장파릉이 어이없다는 얼굴로 곽장수를 내려다보았다.

"뭔 소리여? 니가 나보다 크다고? 지나가던 뒷동산 호랑이가 허를 찰 소리를 아무렇지도 않게 하는구나."

"대보실래요?"

"못할 거 뭐 있냐! 대보자!"

황노삼이 끼어들었다.

"두 분, 진정하시지요. 소신선 앞에서 도토리 키 재기 하실 겁니까?"

산하는 한숨을 푹 내쉬었다.

"황 노대, 거기서 제가 왜 나옵니까?"

황노삼은 무슨 소리냐는 듯 눈을 크게 뜨고 산하를 보며 말했다.

"아니, 열넷의 어린 나이에 옥화산을 평정하시고 대공 본좌의 자리에 오르신 분께서 약한 모습을 보이시면 어떻게 하십니까?

운지가 화태건의 소맷자락을 잡아당기며 물었다.

"오빠, 공자님이 열넷에 옥화산을 평정했단 말이야? 근데 뭘로 평정했다는 거야? 음, 무공이 워낙 높으시니까… 무공이겠지? 그래도 너무 어린 나이인데, 정말 대단하다!"

"……."

화태건은 입만 벙긋거릴 뿐 대답을 하지 못했다.

그의 얼굴이 목까지 불타는 것처럼 시뻘겋게 물들었다.

두 사람의 대화는 이를 악물며 간신히 참고 있던 사람들의 허파를 폭발하기 직전으로 몰고 갔다.

"하하하하하하!"

마을 사람들은 배를 잡고 웃고, 산적들은 장파룽과 산하의 눈치를 보며 웃음을 억지로 참느라 얼굴이 일그러지고, 종초희를 비롯한 미혼의 처녀들은 은근히 얼굴을 붉히고, 다른 일행들은 이 괴상망측한 분위기에 어리둥절해하고, 영문을 알지 못하는 운지는 커다란 눈을 깜박거리고… 화태건은 운지 옆에서 고개도 들지 못하고…….

분위기가 어느 정도 정리되자 산하는 장파룽과 곽장수를 사마화정 등에게 소개했다.

양측의 놀라움은 비슷했다.

사마화정 등은 천하의 장강용왕 장파룽이 옥화산채라는 작은 산적집단의 우두머리로 십여 년을 살아왔다는 사실에 놀랐다. 그리고 장파룽은 우내십오강의 상좌를 점하고 있는 세 명의 초강고수가 산하의 일행이라는 것에 놀랐다.

장파룽과 곽장수는 새삼스럽다는 시선으로 산하를 보았다.

두 사람에게 산하는 물가에 내놓은 아이와 같았다.

그럴 만도 한 것이 그들은 산하가 코를 찔찔 흘리며 옥화산을 뛰어다닐 때부터 보아온 사람인 것이다.

장파릉이 산하에게 말했다.

"하산한 후 무슨 일이 있었는지 오늘 밤새도록 들어보자.
궁금하구나."

"예, 형님."

짧게 대답한 산하의 시선이 서쪽을 향했다.

산하의 기색을 본 장파릉과 곽장수의 눈 밑에 그늘이 졌
다.

곽장수가 말했다.

"두 분께 다녀오려고?"

"그래야죠."

그때까지 조용히 있던 사마화정과 혁무산이 산하의 옆으
로 다가섰다.

"주공, 저희도 갈게요."

산하는 싱긋 웃었다.

옥화산에 왔으니 그가 스승과 유 노야가 잠든 곳을 찾는
건 당연한 순서였다.

유청광이 잠든 곳을 가는데 사마화정과 혁무산이 어찌
함께 가지 않을 수 있겠는가.

산하는 마을과 산채 사람들을 향해 말했다.

"스승님과 노야를 뵙고 오겠습니다."

연아를 안은 유청림이 말을 받았다.

"다녀오세요. 떠나실 때는 말씀해 주세요. 배웅해 드리고 싶어요."

"멧돼지 아저씨, 내일 나하고 놀아주는 거지?"

산하를 올려다보던 연아가 고사리 같은 손가락을 내밀어 산하의 바짓자락을 잡았다.

산하의 입가에 부드러운 미소가 떠올랐다.

그는 오른손 검지를 내밀어 연아의 뺨을 어루만졌다.

"노력할게."

그 안에 담긴 의미를 연아가 알 턱이 없다.

연아는 산하가 자신과 놀아주겠다는 의미로 받아들였을 뿐이다.

연아도 방실방실 웃었다.

장파릉과 곽장수가 산하의 앞에 섰다.

"우리도 가겠다."

마다할 산하가 아니다.

"예, 형님들."

걸음을 옮기던 곽장수가 산하의 손을 꼭 잡고 있는 사마화정을 곁눈질하며 입술을 움찔움찔 거렸다.

[근데, 마후가 왜 너를 주공이라고 부르는 거냐?]

[사마 대랑은 유 노야를 모셨던 분입니다. 스스로는 그분

의 시녀라고 자신을 낮추지만 노야는 딸처럼 여겼던 분이죠.]

곽장수와 장파룽의 눈이 주먹만 해졌다.

산하의 혜광심어는 대상이 한 명에 국한되지 않는다.

사정을 짐작한 장파룽의 입술이 달싹였다.

[허, 겹천마후에게 그런 사연이 있을 줄이야. 노야의 은혜를 입은 사람이 많구나.]

[마조라 불리신 분이시잖아요. 흐흐흐.]

[하긴 그렇다. 무엇을 하셔도 이상하지 않으셨던 분이지.]

장파룽과 곽장수는 고개를 끄덕였다.

두 사람의 눈 깊은 곳에 자리 잡은 감정은 떨칠 수 없는 그리움이었다.

신승과 마조가 영면에 든 곳, 산하와 두 명의 절대자가 오랜 시간 거주했던 거처가 가까워지고 있었다.

신승과 마조를 뵙고 향화한 산하 일행이 옥화산채에 도착한 건 미시도 중반으로 넘어갈 무렵이다.

그곳에서 산하는 전혀 예상하지 못했던 또 한 사람을 만날 수 있었다.

"장 소저……."

커다란 꽃이 수놓인 화사한 붉은 옷 위에 푸른 앞치마를 걸친 모습으로 상다리가 부러지도록 음식을 차리고 있던 장소소가 활짝 웃으며 산하에게 목례를 했다.

"강 공자님, 오랜만에 뵙네요. 오셨다는 말씀 듣고 기다렸어요."

"여기 계셨습니까?"

"아빠를 졸랐죠."

장소소의 시선이 장파릉을 향했다.

산하는 눈을 껌벅였다.

"하오문에 계시는 어르신과 어머님은 어쩌시고요?"

"할아버지한테는 젊은 새할머니가 생기셨고요, 어머니는 이 나이까지 시집가지 않은 저를 보면 화병이 도지시는 분이에요. 제가 없어도 상관없겠다 싶어서 아버지와 함께 사는 걸 허락받았죠."

"두 분이 허락하셨습니까? 이곳은 장 소저가 생활하기 어려운 곳인데……."

"호호호, 하오문도 젊은 여자가 생활하기 어려운 건 매한가지예요."

장소소의 웃음소리는 맑고 높았다.

산하의 고개를 돌려 장파릉을 보았다.

그러고 보니 장파릉은 그가 알던 장파릉이 아니었다.

옷은 깨끗했고, 철사처럼 뻣뻣해서 늘 곤두서 있던 머리
는 단정하게 정돈된 채로 백건에 묶여 있었으며 고슴도치
를 연상케 했던 수염은 산뜻하게 밀어내 굵은 턱선이 노출
되어 있었다.

처음 보았을 때도 조금 낯설다 싶은 생각이 들었었는데
십 년 동안 변하지 않던 장파룡의 몰골을 바꾼 사람이 장소
소였던 것이다.

장소소는 사마화정 등에게 허리를 숙여 인사했다.

하오문의 순찰당을 맡았던 그녀다.

사마화정과 천공후, 혁무산을 모를 수 없었다.

그녀의 시선이 화태건에게 닿았다.

그녀의 미소가 진해졌다.

의창의 상화객잔 후원에서 화태건을 만났던 때의 장면이
떠오른 것이다.

화태건도 멋쩍게 웃으며 장소소에게 인사했다.

그는 장소소를 세 번 보았다.

의창에서 한 번, 감숙에서 또 한 번.

의창에서의 만남은 그리 매끄럽지 못했고, 감숙에서 그
녀를 만났을 때는 먼발치에서만 보았다.

횟수로는 세 번째지만 오늘이 그가 장소소를 지근거리에
서 보는 두 번째 만남이었다.

황노삼이 주관하고 장소소가 준비한 음식상을 두고 둘러 앉은 산하의 일행은 먼저 산하에게 폭포수처럼 질문을 퍼부어댔다.

질문의 개수는 수십 개였지만 핵심은 하나였다.

누가 이렇게 많은 사람을 고수로 키워냈으며, 그 목적은 무엇인가.

그에 대한 산하의 대답은 간단했다.

마을 사람들과 산적들에게 무공을 가르친 사람은 신승과 마조였다.

목적은 더 단순했다.

산하의 철왕수미대정력을 완성시키기 위한 비무 상대가 필요했고, 비무를 하려면 무공을 익힌 사람들이 필요했던 것이다.

한두 사람으로는 산하를 상대할 수 없기에 그 수가 좀 많아졌을 뿐.

장파릉이 수로채를 떠나 옥화산으로 온 이유도 그와 관련이 있었다.

신승의 가르침을 주로, 마조의 가르침을 종으로 배운 사람들이 오백여 명이었다.

신승과 마조가 떠난 후 그들이 어떻게 변할지는 두 사람에게도 가볍지 않은 문제였다.

고민 끝에 나온 결론은 그들을 힘과 지도력을 갖고 지휘할 사람을 찾아야 한다는 것이었다.

그 대상으로 낙점된 사람이 장파릉이었다.

그를 낙점한 사람은 마조 유청광이었다.

유청광은 강호를 행도할 당시 어린 장파릉과 인연이 닿아 그에게 몇 가지 무공을 전한 인연이 있었다.

장파릉은 유청광에게 배운 무공을 갈고닦아 후일 우내십오강의 일원이 되었다.

그는 마조의 부름을 받자마자 미련없이 수로채를 버리고 옥화산으로 왔다. 그 때문에 장인과 아내와의 사이가 틀어질 정도가 되었지만 그는 고집을 꺾지 않았다.

그는 원한은 잊어도 은혜를 잊어서는 안 된다는 신념을 가진 사내였던 것이다.

곽장수의 사연은 별거 없었다.

옥화산에 자리를 잡던 시기, 신승은 곽장수가 산골에서 썩기에는 아까운 자질을 가지고 있다는 것을 알고 산하를 가르치는 틈틈이 시간이 내어 그에게 가르침을 베풀었다.

후일 신승을 찾아온 마조도 신승의 가르침을 제 것으로 만들기 위해 미친 듯이 노력하는 곽장수의 자세에 흥미를 느끼고 그의 무공을 봐주었다.

그 결과가 사마화정과 같은 초강고수들을 놀라게 만든, 오늘날의 화전민 마을과 옥화산채로 나타난 것이다.

그날 밤.

잠을 잔 사람은 화태건과 운지뿐이었다.

모두 할 얘기가 산더미처럼 많은 사람들이었다.

서로가 평생 한 번 만나보기 힘든 당세의 거물들이 아닌가.

잠을 자는 것으로 시간을 허비하고 싶은 사람이 있을 턱이 없었다.

옥화산의 동편 하늘이 어스름한 빛으로 물들었다.

새벽의 여명이 소리없이 다가오고 있었다.

옥화산채의 뒤편에는 커다란 샘이 있다.

크기가 웬만한 연못보다도 더 큰 이곳은 산채에 거주하는 사람들에게 식수를 공급하는 곳이다. 그리고 이 샘은 아래쪽으로 흐르며 화전민 마을 사람들이 빨래나 목욕을 하는 작은 개울이 된다.

푸우푸우!

솟아오른 샘이 경계를 넘어 아래로 사오 장가량 내려온 곳.

언뜻 보면 작은 동산이 움직이는 게 아닌가 착각할 만큼 장대한 체구를 가진 사내가 쪼그리고 앉아 거칠게 머리를 감고 세수를 하고 있었다.

그는 몇 번의 손질로 필요한 행위를 마치고 자리에서 일어났다.

"시원하다!"

어깨를 넘게 자란 숱 많은 머리카락에서 물방울이 뚝뚝 떨어졌다.

선이 굵지만 순하게 생긴 눈을 가진 사내, 산하였다.

돌아선 그의 앞에는 피부만큼이나 하얀 천을 양손으로 받쳐 들고 있는 훤칠한 미녀가 웃으며 서 있었다.

뒤에 있는 사람이 누구인지 산하가 모를 리 없다.

당연히 놀란 기색도 없었다.

장소소가 수건을 내밀었다.

"수건이 필요하신 분이 아니라는 건 알지만 그래도 준비는 해봤어요."

내기로 물기를 말리려던 산하는 공력 운용을 멈췄다.

사람의 성의는 무시하면 안 된다.

수건을 건네 받은 그가 얼굴과 머리를 말리는 것을 보고 있던 장소소가 불쑥 입을 열었다.

"제가 숙부라고 불러야 하는 거죠?"

"쿨럭!"

놀란 산하는 얼굴을 닦던 수건을 씹었다.

"호호호."

장소소는 소맷자락으로 입술을 가리고 낮게 웃었다.

순해 보이는, 가뜩이나 커다란 눈을 둥그렇게 뜨고 자신을 내려다보는 산하의 모습이 너무 귀여웠던(?) 것이다.

그녀가 말했다.

"아버지를 큰형님이라고 부르시는 분을 그럼 뭐라 부를까요? 아마 다르게 부르면 아버지께서 저를 가만 놔두려 하지 않으실걸요?"

수건을 든 채로 산하는 샘물가의 바위 위에 걸터앉았다.

고민스런 기색이 역력한 얼굴이다.

"거 참……. 항상 관계에 따른 호칭이 문제네……."

사마화정은 그를 주공이라고 부른다. 그 때문에 그녀의 사손인 종초희는 사마화정이 있을 때와 없을 때 그를 부르는 호칭이 다르다.

진유아와의 관계도 그렇다.

그는 진유아를 누님이라 부르고, 천공후와 혁무산은 그녀를 대저라고 부른다. 덕분에 진유아가 있을 때 산하와 천공후 등의 관계는 애매해진다.

그에게 장파릉과의 재회는 더할 수 없는 기쁨이었지만 그 때문에 장소소와의 관계가 이상해졌다.

엄밀하게 말하면 장소소의 말이 옳았다.

장파릉을 형이라고 부르니 장소소는 그의 질녀가 된다. 하지만 어떻게 장소소로부터 숙부라는 소리를 들을 수 있겠는가. 그는 올해 스물이지만 장소소는 스물여섯 살이다. 생각만 해도 온몸에 두드러기가 날 일이었다.

산하는 손으로 머리를 감싸고 고개를 푹 숙였다.

그의 머리로는 해결할 수 없는 대난제였다.

"카라마와 백 번 싸우는 게 더 쉽겠다……."

힘없는 중얼거림.

"호호호호호"

장소소의 웃음소리가 높아졌다.

웅크리고 앉아 머리를 쥐어뜯으며 고민하고 있는 산하의 모습은 아무리 생각해도 너무나 귀여웠다.

그녀는 산하가 앉은 옆의 작은 바위에 앉았다.

"고민되시죠?"

산하는 솔직하게 대답했다.

"예."

"저도 종 소저처럼 할게요. 아버지 앞에서는 삼숙, 계시지 않을 때는 강 공자님으로요. 어때요? 싫어요?"

산하의 얼굴이 환해졌다.

"싫기는요. 아주 좋습니다. 그렇게 해주세요."

"아쉽지 않으세요?"

"뭐가 말입니까?"

"저 같이 예쁜 질녀가 흔하지는 않잖아요."

"하하… 하……."

받아주기 애매한 말이라 산하는 어색하게 웃으며 뒷머리만 긁었다.

자기 얼굴에 금칠하는 사람은 드물다. 여자는 더욱.

하지만 장소소의 말은 금칠과는 거리가 멀었다.

그녀는 사마화정과 진유아에 비할 수는 없어도 만 명 중 한 명 있을까 말까 한 미모의 소유자였으니까.

호칭이 일단락된 듯하자 산하는 어제부터 궁금하던 것을 장소소에게 물었다.

"왜 안 내려가시는 겁니까? 큰형님은 장 소저가 이곳에 머무는 게 많이 못마땅한 모양이시던데요. 안쓰러워하시기도 하시구요."

장소소의 눈에 부드러운 기운이 어렸다.

그녀가 말했다.

"복잡한 이유는 없어요. 십여 년 동안 뵙지 못했던 아버지가 계시는 곳이잖아요. 제게는 이곳도 집이에요. 집 떠나봐야 고생밖에 더 하겠어요?"

"예? 하하하하하. 우문에 현답입니다."

산하는 크게 웃었다.

그렇다.

자신도 이곳을 떠난 후 편하게 지내지는 못하지 않았던
가.

이곳은 그도 늘 그리워하고, 돌아오고 싶어 했던 마음의
고향이었다.

그는 장소소의 마음을 이해했다.

산하를 올려다보며 싱긋 웃은 장소소가 물었다.

"오늘 떠나실 건가요?"

"그럴 생각입니다. 어젯밤에 큰형님이 태화상단 건은 알
아서 조치하겠다고 하셨으니까요. 우문세가의 성회에 참석
하려면 오래 머물 수가 없습니다."

"강호에서의 일을 되도록 빨리 마무리 지으시고 돌아오
셔야 할 거예요. 그렇지 않으면 후회하실 거거든요."

산하는 어리둥절해졌다.

"그게 무슨 말씀이십니까?"

장소소는 소맷자락으로 입을 가리고 낮게 웃었다.

"호호호호."

영문을 알 수 없는 산하의 궁금증이 언덕을 굴러 내려가
는 눈덩이처럼 커졌다.

"이곳에 무슨 일이 생기기라도 하는 겁니까?"

"예. 그것도 아주 큰 일이요."

"뭔데요?"

장소소는 눈을 반짝이며 산하를 올려다보았다. 그녀의 눈가에는 아직도 웃음기가 가시지 않았다.

"이숙이 혼인을 하실 거예요."

"예?"

산하는 눈을 크게 떴다.

장소소가 이숙이라고 부르는 사람은 당연히 곽장수다.

곽장수는 산하만큼이나 성격이 태평하고, 무공 외에는 다른 것에 관심이 없는 사람이다.

그래서 산하는 그가 평생 혼자 살지도 모른다는 생각을 하고 있었다.

그런 그가 혼인을 한다니.

생각지도 못한 얘기였다.

그래서 다급하게 묻는 그의 목소리에 놀람과 의혹, 그리고 커다란 기대가 담겼다.

"장수 형님이요? 누구와 말입니까?"

"음……."

장소소는 살짝 뜸을 들였다.

궁금증이 목까지 차오른 산하의 몸이 잔뜩 달았다.

"장 소저, 그분이 누굽니까?"

"공자님도 아시는 분이에요."

"제가요?"

산하의 미간이 좁아졌다.

물론 그는 화전민 마을과 옥화산채 안에 사는 처녀들을 잘 안다. 곽장수가 그녀들 사이에 꽤 인기가 있다는 것도. 하지만 곽장수는 그녀들 중 누구에게도 눈길을 준 적이 없었다.

"어휴……. 감이 안 잡힙니다. 말씀해 주십시오. 누굽니까?"

산하의 인내심이 아무리 대단하다 해도 더 이상 뜸을 들이면 역효과가 날 수 있었다.

장소소가 웃으며 말했다.

"그분은… 음, 유 낭랑이세요."

"헉!"

산하의 눈과 입이 떡 벌어졌다.

"정말이요?"

사별한 공로명에 대한 유청림의 마음을 누구보다 잘 아는 그였다. 그러니 놀랄 수밖에.

연이어 그가 물었다.

"유 낭랑은요? 그분이 받아들이신 겁니까?"

"예. 단 조건이 있었어요. 유 낭랑은 강 공자님이 돌아오

78

신 후에 혼인식을 올리고 싶어 하세요. 그분은 강 공자님을 연아의 대부(大父)라 생각하시더군요. 아마 강 공자님의 축복을 받고 싶어 하시는 것 같아요."

유청림이 그런 마음을 갖지 않았더라도 평생 후회하지 않으려면 꼭 참석해야 하는 혼인식이었다.

"우와……. 장수 형님한테 그런 재주가 있으셨나……."

유청림이 옥화산에 온 이후 곽장수가 유청림에게 쏟은 노력은 무공에 쏟아부었던 노력보다 더하면 더했지 못하지 않았다.

마을 사람들은 그걸 잘 알고 있었다. 하지만 산하는 모른다. 덕분에 그의 기쁨과 놀라움은 배가되었다.

"호호호호. 공자님만 놀라신 게 아니에요. 아버지를 비롯한 마을과 산채 분들 전부 이숙으로부터 처음 얘기를 들었을 때 기절초풍했었죠."

산하는 벌떡 일어섰다.

아이처럼 웃는 얼굴이었다.

"두 분께 정말 잘된 일입니다. 장수 형님도 이미 나이가 한참 지났고, 연아와 유 낭랑도 든든한 지붕이 필요한 사람들인데, 장수 형님만 한 분도 없죠. 들르길 정말 잘했습니다. 하하하하하!"

유쾌한 웃음소리.

산하를 따라 일어선 장소소도 흰 이를 드러내며 환하게
웃었다.

옥화산의 아침이 밝아오고 있었다.

第四章

쾅!

세차게 내려친 주먹을 맞은 태사의 오른쪽 팔걸이는 곱
게 빻은 가루신세가 되었다.

"으드득, 이 천하에 한량 같은 놈!"

천사종주는 자신도 모르는 사이 이를 갈며 말을 뱉었다.

대전의 분위기가 얼어붙었다.

바닥에 부복해 있던 십여 명의 흑의인은 식은땀으로 온
몸을 적셨다.

특히 방금 보고를 마친 흑의인은 식은땀뿐만 아니라 전

신에 굵은 소름까지 빽빽하게 돋았다.

지금은 숨을 쉬고 있지만 천사종주의 짜증과 분노가 살기로 변하면 그의 가족들은 명년 오늘을 그의 제삿날로 삼아야 했다.

"우문세가의 성회가 이십 일도 채 남지 않았는데 이제야 옥화산을 내려오다니. 으드득. 광마혼주만 아니었어도 벌써 명줄을 끊어놓았을 놈이거늘. 코앞의 운명도 제대로 모르는 놈이!"

분노는 쉽게 가라앉지 않았다.

최근 그의 하루하루는 긴장의 연속이었다.

계획했던 것들의 대부분을 성공적으로 이루었지만 정작 그가 가장 중요하게 생각하는 일련의 계획은 실패를 거듭했고, 그것이 그의 긴장을 높였다.

그런데 그가 꿈꾸었던 대계의 한 축을 무너뜨린 자는 유유자적하며 안휘성도 들르고 강서성도 들르고… 천하태평이었다.

부하들로부터 그에 대한 보고를 들을 때마다 짜증과 함께 속에서 천불이 났다.

"후우우우우우……."

그는 깊게 심호흡을 했다.

흥분의 강도가 너무 셌다.

면전의 수하들이 공포로 전신을 떨고 있었다.

그의 성격은 아끼던 묵영을 벨 정도로 잔혹한 측면이 있었지만 그것이 전부는 아니었다. 그는 냉정했고, 자신의 감정을 제어할 줄 알았다.

평정을 되찾은 그가 입을 열었다.

"공손세가와 대환궁, 단심맹에서 보낸 자들은 도착하였느냐?"

천사종주의 시선을 받은 자는 부복한 흑의인 중 우측 두 번째에 있던 자였다.

그는 지체없이 대답했다.

"공손세가는 도착하였고, 대환궁과 단심맹은 아직 도착하지 않았습니다. 그들이 도착하는 건 이삼 일 뒤가 될 것입니다."

"면면은 파악되었겠지?"

"예. 공손세가에서는 차기 가주로 공인된 장자, 무인검(無刃劍) 공손무경과 무흔검(無痕劒) 공손무길, 그리고 막내인 운한서생 공손무양 등 삼형제를 필두로, 공손세가의 정예인 예검당의 고수 이십 명이 왔습니다. 그리고 대환궁에서는 오대 장로 중 두 명과 소궁주 방우곤이 왔습니다."

"단심맹은?"

"그게… 놀랍게도 부맹주인 낙일참도객(落日斬刀客) 구양숙이 도각의 고수 십여 명과 함께 직접 오고 있는 중입니다."

"구양숙이 직접 말이더냐?"

"예, 지존."

"흠……."

천사종주의 입에서 낮은 침음성이 흘러나왔다.

"단심맹에서 변수가 될지도 모르는 거물을 보냈군."

중얼거리는 그의 미간이 좁아졌다.

낙일참도객 구양숙은 비록 우내십오강에 들지는 못하지만 그들과 비교해도 뒤지지 않는다고 알려진 절세의 도객이었다.

그는 해남에서 활동하던 인물로 나이 사십이 넘을 때까지도 강호상에 이름을 아는 자가 드물 만큼 알려지지 않은 인물이었다.

평생 무공일도에만 매진했을 뿐 이름을 얻는 데는 관심이 없었던 인물, 그런 사람이 구양숙이었다.

그가 원하지 않는 명성, 그것도 전 무림을 떨어 울리는 거창한 명성을 얻은 건 검객 한 명과 이루어졌던 단 한 번의 비무 이후였다.

이십오 년 전 그는 자신의 거처를 방문한 삼십 전후의 검객과 삼천 초를 겨뤄 반 초의 차이로 패했다. 그리고 그 검객의 호탕함과 강함에 반해 그의 휘하에 들었다.

그 검객의 이름은 사마군.

후일 신검이라 불리며 청천단심맹을 세우고 천하의 반을 지배하는 거인이 된 사내였다.

구양숙이 절세의 무공을 가지고도 우내십오강에 들지 않은 이유는 간단했다.

자신의 주군이 우내십오강에 들어 있는데 자신이 그와 어깨를 나란히 할 수는 없다며 명예를 사양한 것이다.

그의 성정이 어떠한지를 능히 알 수 있는 일화였다.

천사종주의 미간이 펴졌다.

"오히려 잘된 일인지도 모르겠군. 구양숙이라면 여론의 흐름을 만들어낼 역량을 가진 인물이니까……."

알 수 없는 말을 중얼거린 천사종주는 눈을 감았다.

생각에 잠긴 것이다.

흑의인들은 소리없이 대전을 빠져나갔다.

거대한 대전이 침묵에 잠겼다.

*　　　　*　　　　*

산하 일행은 마을 사람들의 아쉬움과 산적들의 겉과 속이 다른 배웅을 받으며 옥화산을 떠났다.

일행의 수는 한 사람이 줄었다.

화태건이 옥화산에 남은 것이다.

그는 태화상단의 일이 마무리된 후 산하에게 오기로 했다. 그와 태화상단의 정상화를 책임지기로 한 사람은 장소소였다.

장소소는 산채에 머물고 싶다며 거부했지만 산뜻하게 묵살당했다.

평소에도 사내들이 우글거리는 곳에 머물겠다고 고집을 피우는 딸을 못마땅해하던 장파릉이 강호로 내보낼 수 있는 기회를 잡았는데 장소소를 내버려 둘 리 없었다.

그렇게 장소소와 화태건은 장파릉과 곽장수가 엄선한 십여 명과 함께 절강성으로 갔다.

화태건과 운지가 이별하는 장면은 많은 사람에게 두 사람을 새롭게 보도록 만들었다. 마냥 어리게만 보이던 두 사람이었지만 어느새 이별을 슬퍼하고 상대를 그리워할 줄 아는 남녀가 되었다는 걸 깨닫게 해주었기 때문이다.

옥화산을 내려온 산하 일행은 일로 서진(西進)하여 신여와 의춘을 지나 호남성에 들어섰다.

양성의 경계 지역에 있는 류양을 지난 후 호남성의 성도인 장사(長沙)에 도착하는 데는 이틀밖에 걸리지 않았다.

장사에서 우문세가가 있는 상덕까지는 일행의 느린 걸음

으로도 닷새면 충분히 갈 수 있었다. 육로로 간다면.

일행은 장사에서 하루를 묵고 아침 느지막이 출발했다.

호남성은 동정호를 안고 있는데다 물길이 복잡해서 고래부터 먼 길을 갈 때는 배가 주된 이동수단이었다.

일행도 장사의 선착장에서 배를 탔다.

상덕까지 걸어가면 닷새가 걸리지만 배를 타면 하루 반나절이면 되었다.

안 그래도 여기저기 다녀오느라 늦어진 상태인데 굳이 편하고 빠른 길을 버리고 힘들고 느린 행로를 고집할 이유는 없었다.

그들이 탄 배는 길이가 팔 장이 넘는 대형 선박이었다. 대금이 비싸서 그런지 손님은 많지 않아 꽤 넓은 선상은 한가한 편이었다.

"어느새 여름이네요."

산하와 나란히 뱃전에 서서 바람을 맞던 종초희가 조금은 감상적인 어조로 말했다.

산하는 웃으며 고개를 끄덕였다.

"예. 시간이 정말 빨리 가는군요."

종초희의 말에 생각난 듯 하늘과 주변을 돌아보는 그의 눈빛은 부드러우면서도 깊었다.

그가 처음 어슬렁거리는 걸음으로 옥화산을 내려온 후로

지나간 세월은 일 년도 채 되지 않았다. 하지만 그 짧은 시간 동안 산하에게는 보통 사람이 평생을 살아도 다 겪지 못할 만큼 많은 일이 일어났다.

일만 많았던 게 아니었다.

인연을 맺은 사람도 많았다.

시원한 강바람이 그의 머리카락을 흐트러뜨렸다.

종초희는 살짝 고개를 돌려 산하를 올려다보았다.

말없이 생각에 잠겨 있는 산하의 입가에 따스한 느낌의 미소가 걸려 있었다.

'정말 큰 사람……'

그녀는 여자 중에 크다 할 수 있는 키인데도 한껏 허리를 세워도 산하의 가슴에 닿을락말락할 만큼 산하는 컸다. 하지만 지금 그녀가 속으로 중얼거린 말은 단순히 산하의 키와 몸집만을 의미하지는 않았다.

그녀가 지켜본 산하는, 때로는 억겁풍상을 묵묵히 견뎌대는 산악이었고, 어떤 때는 모든 것을 받아들이는 바다와 같았다.

어수룩하고 허술한 듯하면서도 그가 나서면 어느 것 하나 해결되지 않는 일이 없었다. 그러면서도 그는 생색을 내거나 자신을 내세우지 않았다.

받아들이고 또 받아들여 마침내 주변 모두를 너른 품에

안고 혹은 굴강한 어깨에 메고 그저 묵묵히 앞으로 나아갔다.

산하는 머리가 아니라 가슴으로 인생을 사는 남자였다.

'스스로를 아무리 낮춰도 결국은 빛날 수밖에 없는 사람. 내가 이 사람을 알게 된 건… 고마워요, 사조님.'

언제부턴가 그녀는 산하만을 바라보는 자신을 발견할 수 있었다.

오직 그만을 보고, 그만을 생각하는 날들이 계속되고 있었다.

남녀관계에 대해선 천하에서 가장 개방적인 문파가 열락궁이다.

그곳이 그녀의 고향이었다.

산하를 향한 자신의 감정이 무엇인지를 모를 수가 없었다. 그리고 그녀는 그 감정을 고민하지 않고 받아들였다.

고민할 이유가 없었다.

그녀가 본 산하는 사랑받을 자격을 갖춘, 진정한 사내였다. 그리고 그녀는 천하에 산하와 같은 사내가 얼마나 드문지 잘 알고 있는 여자였다.

그녀가 잔잔한 음성으로 물었다.

"공자님."

산하는 시선을 내려 종초희를 보았다.

그 눈길이 부드럽기 이를 데 없다.

종초희의 입가에 드리워진 미소가 얼굴 전체로 번졌다.

그녀가 물었다.

"산에서 내려오신 목적은 다 이루신 건가요?"

산하는 고개를 끄덕이며 강의 저편에 시선을 주었다.

그가 말했다.

"산을 내려온 건 고향의 아버님을 뵙고 숭산에 들러 사부님의 유지를 전하기 위해서였소. 그건 다 이루었다고 할 수 있소. 내가 하산한 목적은… 정말 단순했소."

그렇게 단순했던 목적이 상상을 벗어난 행로로 끊임없이 이어질 줄 그가 어찌 알았으랴.

"천사종과 일신상에 얽힌 일이 마무리되면 어찌하실 생각이신지… 여쭤봐도 될까요?"

산하는 흰 이를 드러내며 싱긋 웃었다.

"돌아가야죠."

"옥화산에요?"

"내 고향은 그곳이오. 그곳에서 장수 형님과 나무를 하고 마을 분들과 화전을 일구며 살 거요. 그게 내게 가장 어울리는 삶이니까."

종초희의 눈빛이 따스해졌다.

그의 말이 옳았다.

산하는 무림보다 옥화산이 어울리는 사내였다.

천외천의 무공을 익히고 있다고, 천외천의 삶을 살 이유
는 없는 것이다.

어깨를 나란히 하고 선 두 사람은 시원한 강바람을 전신
으로 맞았다.

말이 필요 없는 기묘한 분위기가 두 사람을 감싸 안았다.

하지만 일행 중에는 항상 입이 근질거려 참을 수 없는 사
람이 한 명 섞여 있다.

평생을 입으로 빌어먹으며 산 인물.

선실 안쪽 구석에 몸을 반쯤 숨기고, 산하와 종초희를 몰
래 훔쳐보고 있던 천공후가 실과 바늘처럼 자신을 따라다
니는 옆사람에게 불쑥 말했다.

"혁가야. 저 둘 분위기 요상하지 않냐?"

뭔가 뱃전에 나가서는 안 될 것 같은 느낌에 천공후처럼
몸을 잔뜩 움츠린 채 산하와 종초희를 보고 있던 혁무산이
대뜸 말을 받았다.

"거지야, 너도 그렇게 생각하고 있었냐?"

천공후와 혁무산의 눈이 허공의 한 점에서 마주쳤다.

둘이 고개를 아래위로 주억거리며 동시에 말했다.

"아무래도……."

"아무래도 뭐? 뒷말은 왜 흐려? 듣는 사람 궁금하게."

두 사람의 머리끝이 곤두섰다.

어느새 사마화정이 두 사람의 등 뒤 한자도 안 되는 곳에 팔짱을 끼고 짝다리를 짚은 채 그들을 꼬나보고 있었다.

천공후와 혁무산은 어물거리기만 할 뿐 입을 열지 못했다.

잘난 남자라면 정사마를 가리지 않고 꼬시며 평생을 살아온 사마화정에게 있어 일부종사(一夫從事)는 죄악 중에서도 비할 것이 없는 최고의 죄악이었다.

천공후와 혁무산은 그런 사마화정의 성향을 너무나 잘 아는 사람들이었다.

그들이 생각한 것처럼 종초희가 산하를 마음에 두고 있다면… 자신의 사손이 일부종사를 꿈꾸고 있다는 사실을 알게 되었을 때 사마화정의 예측할 수 없는 성격이 어떤 식으로 튀어나올지 두 사람은 짐작도 할 수 없었다.

산하가 있으니 참을 것이라고 안심할 수도 없었다.

지난 날 사마화정은 눈이 돌아가면 유청광도 들이받았던 여인이니까. 물론 유청광이 그녀를 아꼈기에 가능한 일이긴 했지만.

어쨌든 쉽게 대답할 수 있는 성격의 질문은 아니었다.

사마화정의 눈이 조금씩 가늘어졌다.

눈빛도 매서워졌다.

자연히 어투도 다그치는 형태가 되었다.

"아무래도 뭐냐니까!"

"그게, 소저……."

사마화정의 눈을 피해 고개를 돌린 천공후가 손을 비비 적리며 말문을 뗐지만 제대로 잇지는 못했다.

사마화정의 눈썹 끝이 파르르 떨리더니 서서히 위로 올 라갔다.

"어쭈! 내 말을 씹.어? 그렇단 말이지!"

그녀는 팔짱을 풀었다.

그녀의 장심에 붉은 기운이 어른거렸다.

혈화겁멸인의 기운이다.

사마화정의 기세는 장난이 아니었다.

감숙에서 각(覺)의 시간을 가진 뒤로 그녀는 오랫동안 앞 을 막고 있던 벽 하나를 넘었다. 남과 손속을 겪어본 지가 오래되어 성취를 정확하게 파악하고 있지는 못했지만 그녀 의 경지는 시간이 갈수록 깊어지고 있었다.

천공후나 혁무산 정도의 고수가 그것도 여러 달 동안 매 일 붙어 다니다시피 했는데 그녀의 무서움을 어찌 모를 수 있겠는가.

얼굴에서 핏기가 싸악 가신 혁무산이 다급하게 입을 열 었다.

"소저, 진정하시오. 별거 아니라 말을 못한 거요. 우리는 그저 산하와 초희가 잘 어울린다는 생각을 했을 뿐이외다."

"응?"

눈을 동그랗게 뜬 사마화정의 손에서 붉은 기운이 씻은 듯이 가셨다. 대신 그녀는 고개를 쭉 빼서 천공후의 등 뒤, 뱃전에 서 있는 산하와 종초희를 번갈아보았다.

처음에는 깜박거리던 그녀의 눈이 느리지만 확실하게 정지 상태로 들어갔다. 향 한 자루가 탈 정도의 시간 동안 두 사람을 바라보던 사마화정의 입가에 미소가 떠올랐다.

"왜 몰랐지? 보기 좋은 그림이네."

천공후와 혁무산의 얼굴도 밝아졌다.

"소저도 그렇게 생각하시는구려. 우리도 그리 생각하고 있소이다."

"음……."

사마화정은 다시 팔짱을 끼고 짝다리를 짚었다.

이번에는 미간에 가는 주름도 몇 개가 잡혔다.

그녀는 산하와 종초희의 등을 뚫어져라 쳐다보았다.

일 다향 정도가 지났을 때 그녀의 입술이 떨어졌다.

"두 사람 천잰데? 내가 왜 그 생각을 못했지? 초희를 들여보내면 될 일이었는데! 분위기를 보아하니 주공께서도 거절하시지 않을 거 같고."

무슨 말인지 이해를 하지 못한 천공후가 어리둥절한 얼굴로 물었다.

"소저, 초희를 어디로 들여보낸다는 거요?"

사마화정은 당연한 질문을 왜 하냐는 표정으로 천공후를 보며 말했다.

"어디긴 어디야! 주공의 침실이지. 소영이가 잘 가르쳤으니 초희도 밤일은 잘 할 거야. 저 아이는 처음이라 좀 서툰 면이 있겠지만 사내들은 오히려 서툰 처음을 더 좋아하니까. 다른 사내들하고는 많이 달라서 이상하긴 하지만 그건 주공이 워낙 뛰어난 사람이라 그런 거고. 이러니저러니 해도 주공 역시 사내 아니겠어! 왜 내가 초희를 잊고 있었을까? 주공이 여자를 알게 되면… 영웅은 다다익선이잖아. 호호호호호호! 역시 등잔 밑이 어둡다는 옛 사람들 말은 하나도 틀린 게 없다니까! 우문세가에서의 일이 끝나면 바로 실행에 옮겨야지."

득의양양한 어투.

"헉!"

"컥!"

천공후와 혁무산은 입을 딱 벌렸다.

사마화정의 결단력은 쾌도난마라는 말로도 한참이나 부족했다.

"소, 소, 소저… 저기 그러니까… 초희는… 아무래도 우리가 볼 때… 초희 마음은 그런 거와는… 거리가 조금… 아니, 아주 많이 다르…….."

천공후가 더듬거리며 말할 때 뱃전에도 변화가 생겼다.

바람을 맞으며 서 있던 산하가 기우뚱하더니 발을 삐끗하며 옆으로 굴렀다.

우당탕쿠당탕!

종초희는 넘어지는 산하를 부축할(?) 생각도 하지 못한 채 새빨갛게 물든 얼굴을 소맷자락으로 가리며 반대편으로 뛰어갔다.

번개를 방불케 하는 몸놀림이었다.

산하는 말할 것도 없고, 종초희도 절정에 든 고수다.

그들이 탄 배는 꽤 큰 편이었지만 그래도 제한된 면적을 가진 배에 불과했다.

그들이 있던 곳에서 천공후 등이 있던 곳까지의 거리는 사 장도 되지 않았다.

천공후와 사마화정 등이 나눈 대화는 전음입밀 같은 수법으로 이루어지지 않았다. 더구나 사마화정은 음성을 낮추려 하는 시도조차 하지 않았다.

덕분에 산하와 종초희는 세 사람의 대화를 아주 선명하게 들을 수 있었다.

불안해하면서도 어른들의 대화라 중단시키지 못한 대가는 실로 컸다.

산하가 넘어지는 걸 본 사마화정은 자신의 입을 틀어막았다. 열락궁에서 산하가 종초희의 단검을 꺼내 들고 했던 말이 생각난 것이다.

그녀는 살금살금 뒤로 물러나다가 재빨리 선실 안으로 들어갔다.

천공후와 혁무산도 사마화정의 뒤를 따랐다. 그들도 지금 산하에게 접근하면 좋은 얘기 듣기 어렵다는 걸 직감한 것이다.

난간을 부여잡고 휘청거리며 몸을 일으킨 산하는 사마화정 등이 있던 곳을 노려보았다. 그리고 시선을 돌려 종초희가 뛰어간 배의 앞쪽을 보았다.

그의 입에서 가는 한숨이 흘러나왔다.

"하하하하, 이렇게 고소한 장면을 보게 될 줄이야. 재회의 기쁨이 남다를 줄 알았으면 좀 더 일찍 강호로 나올 걸 그랬군, 곰.탱.이!"

너무 즐거워해서 얄밉기까지 한, 낯설지 않은 목소리가 산하의 귓전을 두드렸다.

음성이 들려온 방향으로 고개를 돌린 산하는 자신을 보며 한껏 웃고 있는 미청년 한 명을 볼 수 있었다.

그의 옆에는 눈이 번쩍 뜨일 정도로 아름다운 여인이 의아한 기색으로 산하와 청년을 번갈아보고 있었다.

여인의 미모도 대단했지만 청년의 외모 또한 여인에 뒤지지 않았다.

잘 어울리는 한 쌍이었다.

미청년을 본 산하의 눈이 가늘어졌다.

익숙한 얼굴이었다.

第五章

"상관운?"

미청년은 산하가 의창으로 가던 길에 선상에서 스치듯 만난 적이 있던 사내, 상관운이었다.

그는 크게 웃으며 말했다.

"하하하하하, 기억하고 있었군. 생긴 거와 다르게 기억력이 좀 있는 편이군. 곰탱이."

"곰탱이 아니라고 했을 텐데?"

"아, 맞다. 그 꼬마가 멧돼지라고 했었지!"

감정이 잔뜩 깃든 비꼼.

연아가 했던 말을 기억하고 있는 걸 보면, 상관운은 두 사람이 처음 만났을 당시 산하가 자신을 도와주지 않았던 것을 잊지 않고 단단히 마음에 담아두고 있었던 듯했다.

기분이 상해야 정상일 텐데 산하는 오히려 풀썩 웃었다.

"훗."

작년에 배 위에서 만났을 때, 그는 상관운의 성격이 어떤 지를 파악했었다.

상관운은 체면이나 격식을 따지지 않았고, 하고 싶은 말은 상대가 누구라도 가리지 않았다. 하지만 그의 말과 행동에 악의는 없었다. 오해의 여지는 충분했지만. 그리고 오늘 알게 된 것도 있었다. 뒤끝이 길다는 것.

풍파가 늘 따라다닐 수밖에 없는 성격이라 할 수 있었다.

"웃어? 넌 배알도 없냐?"

상관운의 어투가 더 삐딱해졌다.

그럴수록 산하의 입가에 드리워진 미소도 진해졌다.

그의 뇌리에 화태건이 떠올랐다.

그가 있었다면 예전에 그랬던 것처럼 길길이 뛰었을 테지만 아쉽게도 그는 이 자리에 없었다.

산하가 말했다.

"상관운, 말을 가려서 하는 게 어떨까. 금방 후회할 일은 하지 않는 게 좋아."

상관운은 눈살을 잔뜩 찌푸렸다.

"후회? 내가 왜 후회를 하냐? 네가 날 몰라도 한참 몰라서 그런 말을 하나 본데, 난 후회라는 것과는 친분이 저어어어어언혀 없는 사람이다. 흥!"

산하가 물었다.

"자신 있나?"

"물론!"

그때 두 사람의 대화를 듣고 있던 여인이 가만히 상관운의 팔을 잡아당기며 말했다.

"가가, 말씀이 과하신 거 같아요. 저분과 무슨 일이 있었는지 모르지만 예전의 일인 듯한데 그만하시는 게 좋을 것 같아요."

상관운은 여인과 혼인을 약속한 후 하루도 떨어진 적이 없었다. 그러니 그가 맞은편의 거한과 어떤 식으로든 안 좋은 인연을 맺은 건 그 이전이어야 했다. 그럼 최소한 팔 개월 전에 벌어진 일이라는 얘기가 되었다. 두 사람이 혼인을 약속한 게 그 즈음이었으니.

그리고 여인이 보았을 때 두 사람 사이에 있었던 일은, 생사결을 해야 할 만큼 험악한 종류의 사건은 아닌 듯했다.

예로부터 싸움은 말리고 흥정은 붙이라고 하지 않았던가.

"려매는 그날 그 자리에 있지 않아서 그래. 저 곰탱이 자식이 날 얼마나 놀렸는데. 그날 저 자식이 조금만 나를 도왔어도!"

상관운은 불끈 쥔 주먹을 코앞에 들어 올렸다.

여인은 그날이 무슨 날인지 자체를 알지 못했다.

그래서 물었다.

"그날이 무슨 날인데요? 그리고 저분이 무얼 도와주지 않았다는 거예요?"

"그게 그러니까……."

막 말을 하려던 상관운의 말문이 턱 막혔다.

그의 입은 연신 벙긋거렸지만 말이 되어 나오지 못했다.

담담하게 미소 짓고 있던 산하는 참지 못하고 웃음을 터뜨렸다.

"하하하하하하!"

그의 짐작대로라면 여인은 당시 상관운을 쫓아왔던 단 노야가 말했던, 상관운 때문에 상사병으로 앓아누웠다던 손녀일 것이다.

상관운이 그날 일을 말하게 되면 여인과 혼인하기 싫어 도망가다가 그녀의 할아버지인 단 노야에게 붙잡혔던 얘기까지 할 수밖에 없었다.

그가 당시의 일을 여인에게 사실대로 말하는 건 안 받아도 될 여인의 바가지를 스스로 불러들이는 격이 된다.

산하를 노려보며 이를 바득바득 갈던 상관운은 결국 말을 하지 못했다.

"려매, 아무튼… 그런 게 있어!"

여인, 단가려의 눈이 동그래졌다.

그녀가 아는 상관운은 어떤 경우에도 말이 막힌 적이 없는 사람이었다. 이렇게 말을 얼버무리는 걸 본 적이 없는 것이다.

그녀는 이 장 떨어진 곳에 서서 담담하게 웃고 서 있는 거한을 주의 깊게 살펴보았다. 하지만 거한의 무엇이 상관운의 말문을 막게 했는지에 대해서는 짐작조차 가지 않았다.

산하가 아니라 그녀의 할아버지 때문에 상관운이 말을 못하고 있음을 알지 못한 그녀의 오해였다.

"씩씩!"

상관운의 콧김에 뜨듯한 열기가 섞였다.

가슴이 답답하니 갈수록 약이 더 오를 수밖에.

그는 한 걸음 앞으로 나서며 손가락을 들어 산하를 똑바로 지목했다.

"곰탱이! 너를 몇 대 패주지 않으면 내 가슴에 화병이 생기겠다!"

산하는 혀를 찼다.

그는 상관운과 싸우고 싶은 마음이 전혀 없었다.

상관운은 상상도 하지 못하고 있었지만 그와 상관운은 결코 남이라고 말할 수 없는 사이였다.

서로 의가 상할 일은 피하는 게 좋았고, 그는 이 상황을 신속하고도 명쾌하게 해결할 수 있는 방법을 알고 있었다.

그의 입술이 벌어졌다.

"혁 어르신, 잠시 선상으로 나와주십시오."

낮지만 공력이 실린 그의 음성은 일행이 머물고 있는 선실에 꽤 큰 울림을 만들어냈다.

선실로 피신(?)해 있던 혁무산은 어리둥절한 얼굴로 천공후에게 고개를 돌렸다.

"응? 산하가 왜 나를 부르지?"

천공후가 말을 받았다.

"그러게? 저 무던한 놈이 그만한 일로 너를 족치러 부르리는 없는데?"

"정말 이상하네?"

사마화정까지 고개를 갸웃했다.

산하는 아주 특별한 경우를 제외하고는 자신이 먼저 사마화정 등을 부른 적이 없었다. 부를 일이 있으면 직접 찾아왔었다.

혁무산은 엉덩이를 털며 자리에서 일어났다.

"가봐야겠다."

"나도!"

천공후와 운천기.

"나도!"

사마화정과 진유아.

"저도요!"

궁금증을 참지 못한 운지까지 일어났다.

선상에도 궁금증 때문에 안달하는 사람, 상관운이 있었다.

상관운이 산하를 닦달했다.

"곰탱이, 누굴 부른 거냐? 혼자 어렵다 싶으니까 조력자를 부르는 거냐? 본좌가 무서운 거야 당연한 일이지만 그래도 네놈의 덩치가 아깝다."

마음껏 산하를 비웃으며 선실의 입구로 눈을 돌린 상관운의 안색이 새하얗게 변했다.

대낮에 길을 가다 귀신을 봐도 저 정도로 안색이 급변하기는 쉽지 않겠다 싶을 만큼 그의 표정 변화는 극적이었다.

"히익! 왜 막내사숙께서 이곳에!"

가장 앞장서서 선실을 나서던 혁무산도 상관운을 보고 눈을 크게 떴다.

"엉? 운아 아니냐! 네가 여기 왜 있는 거냐?"

상관운은 자신의 소맷자락을 잡고 있는 단가려의 손을 가볍게 잡아떼고 바람처럼 혁무산의 앞으로 달려갔다. 그리고 그의 앞에 무릎을 꿇고 허리를 숙였다.

"운아가 막내사숙을 뵙습니다."

혁무산이 눈을 껌벅였다.

"녀석, 일어나거라. 건강해 보이는구나."

자리에서 일어난 상관운이 공손한 어조로 말을 받았다.

"염려해 주신 덕분입니다. 막내사숙도 좋아 보이세요."

"어, 그래. 나도 잘 지내고 있지. 그런데 지존전에서 또 도망친 거냐?"

상관운은 어색한 얼굴로 고개만 숙일 뿐 대답을 하지 못했다.

혁무산이 혀를 찼다.

"쯧쯧, 이번에는 멀리도 도망쳐 왔구나. 마지막 가출 때 둘째 사형이 했던 말 잊지 않았겠지?"

혁무산의 둘째 사형, 천패마군(天覇魔君) 부관웅의 얼굴을 떠올린 상관운의 얼굴이 창백해졌다.

그가 식은땀을 흘리며 대답했다.

"예."

"잡히면 다리몽둥이를 부러뜨린다고 하셨으니 그분께 잡

히지 않도록 조심해라."

부관웅은 그러고도 남을 사람이다.

"예, 사숙."

"그런데 저 처자는 누구냐?"

혁무산은 눈짓으로 단가려를 가리켰다.

화제가 바뀌자 상관운의 볼이 살짝 붉어졌다.

"저와 장래를 약속한 사람입니다. 사실 그 때문에 산으로 가는 길입니다."

그가 뒤에 말한 산으로 간다는 말은 혁무산의 귀에 들어오지도 않았다. 그 산이 상관운이 붙잡히면 다리가 부러질 것을 각오하고 도망 나온 천산을 가리키는 것이었음에도.

상관운의 첫마디에 놀란 그가 되물었다.

"허! 설마 너의 내자가 될 사람이란 말이냐?"

"예."

혁무산은 놀란 눈으로 단가려를 다시 한 번 보았다.

"대사형도 포기하다시피 한 네놈의 역마살과 도화살을 주저앉히다니. 대단한 처자로세!"

주고받는 대화의 내용을 듣고도 혁무산과 상관운의 관계를 파악하지 못하는 사람이 있다면 그건 그냥 바보다.

단가려는 바보가 아니었다.

혁무산은 무림 중의 신분을 떠나 그녀에게 시가가 될 집

안의 어른이었다.

지금의 만남이 오늘 이후 수십 년 동안 이어질 게 분명한 그녀와 상관운과의 혼인 생활에 미칠 영향은 두말이 필요 없었다.

그녀는 상관운이 부르기도 전에 조신한 몸짓으로 혁무산의 앞으로 와 그녀가 할 수 있는 최대의 공경을 담아 대례를 올렸다.

"단가의 가려가 삼숙(三叔)을 뵈어요."

그녀가 혁무산을 부른 삼숙이란 말은 세 번째 숙부라는 뜻이다. 그의 신분을 알지 못한다면 나올 수 없는 호칭이었다.

혁무산과 단가려의 인사가 오가는 것을 보며 상관운은 산하를 힐끔거렸다. 불안한 기색이 역력한 눈빛이었다.

산하가 혁무산에게 물었다.

"저 친구, 산에서 내려온 듯한데 어떤 관계십니까?"

상관운이 천산의 마중지존전과 깊은 관계임은 의심의 여지가 없었다.

오래전 의창으로 가는 배 위에서 상관운은 암향표운신법을 펼쳤다. 산하는 그것을 보았고.

암향표운신법은 절대진마류의 직계가 아니라면 배울 수 없는 초상승의 경공이었다.

당대 절대진마류의 적전은 천산 마중지존전으로 이어졌다.

지존전 사람이라면 그와 남이 아니다.

그가 안에 있는 혁무산을 불러낸 이유였다.

"아! 서로 모르겠구나."

혁무산은 두 사람을 번갈아보며 말을 이었다 .

"운아는 대사형의 양자다."

"아!"

산하의 눈이 빛났다.

그는 상관운이 누군가의 제자일 거라 생각했지 설마 용천악의 양자일 거라는 생각은 하지 못했다.

유청광에게서 들은 용천악은 무공에 인생을 바친 무공광이었고, 자존심이 강한데다 번잡함을 극단적으로 싫어하는 고고한 성격이었다.

아이가 생기면 귀찮은 일이 산더미처럼 생긴다.

사십이 넘도록 혼자 살아온 용천악이 아이만 덜렁 양자로 삼은 건 흔히 볼 수 없는 경우였다.

그러니 산하가 상관운이 용천악의 양자라는 말에 놀란 것이다.

그러나 놀라지 않는 사람들도 있었다.

천공후가 그랬고, 사마화정과 멀리서 귀를 쫑긋 세우고

있는 종초희도 그랬다.

그들은 상관운이 천산 사람이라는 것을 알게 되자 대번에 상관운이 어떤 사람인지 알아차렸다.

산하만 모르고 있었지 상관운은 무림 중에 대단한 명성을 얻고 있는 사람이었다.

산하가 물었다.

"그런데 성이 왜 용이 아니고 상관입니까?"

혁무산은 피식 웃으며 말을 이었다.

"운아의 성은 친부를 따랐다. 대사형께서 오래전 외유를 나가셨다가 돌아오는 길에 천산의 산자락에 있는 마을을 들르신 적이 있는데, 역병으로 몰살당한 마을이었지. 그곳에서 혼자 살아남아 울고 있는 아이를 하나 거두셨다. 그놈이 운아다. 저놈이 대사형에게 처음 했던 말이 자신의 이름이라고 하셨었다. 그것이 기특하셔서 거둔 후에도 성을 건드리지 않으신 거지. 그런데 이놈이 커가면서 무던히도 대사형과 이사형의 속을 썩였다. 이마에 피도 안 마른 놈이 역마살이 끼어 있어서 가출을 밥 먹듯이 했거든. 첫 가출이 아마 이놈 여덟 살 때였었나… 아마 그럴 거다. 그것만이겠냐, 도화살까지 껴 있어서 신강의 처자 기백이 상사병으로 드러누웠지. 저놈이 처음 여자를 안은 게… 열세 살 때던가 그럴 거야."

사마화정이 감탄한 얼굴로 중얼거렸다.

"그 고지식한 동네에서 인물이 났구나!"

혁무산은 못 들은 척 말을 계속했다.

"마종의 본산에서 나온 놈이 그런 짓을 하고 다녔으니…
대사형 얼굴에 똥칠을 하고 다닌 거지."

고개를 푹 숙인 상관운의 얼굴이 울그락불그락했다.

미래를 약속한 단가려가 옆에 있었다.

듣고 있기 곤욕스럽기 이를 데 없는 내용이 아닌가.

하지만 막을 수도 없는 입이었다.

혁무산의 말을 도중에 막다니.

뒷감당을 할 수 있는 일이 아니었다.

그의 속을 아는지 모르는지 혁무산의 말은 끝없이 이어
졌다.

"그때마다 이사형이 치도곤을 쳤는데도 이놈의 역마살과
도화살을 어쩌지 못했었다. 그런데 보아하니 가려가… 이
렇게 불러도 되겠지?"

단가려는 냉큼 고개를 끄덕였다.

"그리 불러주시면 오히려 감사드릴 일이지요, 삼숙."

헤벌죽 웃은 혁무산이 말을 이었다.

"가려가 주저앉힌 모양이다. 대사형과 이사형이 크게 기
뻐하실 거다. 삼사형도 마찬가지고. 겉으로는 혼을 내셔도

다들 저놈을 많이 아끼셨거든. 그리고…….."

"삼… 숙!"

상관운은 간절한 말투로 혁무산을 불렀다.

더 이상의 말이 이어지는 건 어떻게든 막아야 했다.

혁무산이 상관운을 보았다.

"험험."

호기심 가득한 얼굴로 귀를 기울이는 이가 한둘이 아니었다.

그제야 그는 자신이 사실을 말한다고 생각하며 했던 말들이 상관운의 흉을 적나라하게 들춰내는 것이었다는 걸 자각했다.

그의 뜨끔한 기색을 본 천공후가 중얼거렸다.

"역시… 생각없는 놈이 맞아."

이번에도 못들은 척 혁무산은 산하를 눈으로 가리키며 상관운과 단가려에게 말했다.

"인사드려라."

"예?"

상관운은 어벙한 얼굴로 되물었다.

느닷없이 산하에게 인사를 드리라니.

이것은 산하를 향해 명백하게 웃사람을 대하는 예를 취하라는 말이 아닌가.

그가 떨리는 음성으로 물었다.

"삼숙, 무슨… 말씀이십니까?"

혁무산의 얼굴이 엄숙해졌다.

"산하는 사부님께서 돌아가시기 전 마지막으로 거둔 제자다. 네게는 넷째 사숙이 되지. 비록 너보다 두 살이 어린 나이지만 나이가 무슨 상관이겠느냐. 그리고 려아도 정성껏 모셔라. 네게도 윗사람이니. 몰랐으면 모르되 이제 두 사람 다 산하의 신분을 알았으니 그를 어떻게 대해야 할지 잘 알 것이다."

상관운의 잘생긴 얼굴이 하얗게 변하다 못해 노랗게 떴다.

혁무산이 그에게 빈말을 할 까닭이 없다.

산하는 그의 넷째 사숙인 것이다.

천산 마중지존전의 위계는 엄하다 못해 잔혹하기까지 했다.

기사멸조(欺師滅祖)의 죄를 범한 자는 현장에서 심장을 부수고 목을 벤다. 타 문파처럼 근육을 끊고 단전을 폐하는 정도에서 그치지 않는 것이다.

그 엄혹한 분위기가 마음에 들지 않아 허다하게 천산 밖으로 도망을 다녔던 그가 아닌가.

그런데 그렇게 피해왔던 것들 중 최악의 상황이 그의 면

117

전에 도래해 있었다.

올려다보는 상관운과 눈이 마주친 산하가 빙긋 웃으며 물었다.

"아직도 후회하지 않나?"

상관운은 고개를 푹 숙였다.

"후회… 합니다, 사숙."

떨리는 음성.

그는 깨닫고 있었다.

자신의 화병이 평생 낫기 어렵다는 것을.

그의 말과 함께 단가려가 산하에게 대례를 올렸다.

"가려가 넷째 숙부님을 뵈어요. 앞으로 많이 가르쳐 주세요."

산하도 정중하게 포권을 했다.

"천방지축인 사질을 휘어잡으신 분인데 제가 가르쳐 드릴 게 있겠습니까. 질부."

다른 사람이었다면 산하는 호칭과 관계를 고민했겠지만 이번에는 달랐다. 그는 현실을 기꺼이 받아들였다.

상관운을 다잡으려면 그의 웃어른이 되어야 했다.

단가려의 얼굴이 환해졌다.

질부는 상관운을 만난 후 그의 집안 사람에게 들은 최초의 정식 호칭이었다. 하지만 같은 말을 들은 상관운의 숙인 얼굴은 단가려와 정반대였다.

그의 얼굴엔 절망 반, 자포자기 반의 기색이 떠올라 있었다.

자신보다 나이 어린 사숙이라니.

천하의 상관운 인생이 제대로 꼬이고 있었다.

'아아! 빌어먹을 내 팔자…… 이럴 줄 알았으면 그때 만사 제치고 도망가는 건데…… 단 노야에게 잡히지만 않았어도…….'

그랬다면 아직도 천하를 제 집처럼 돌아다니며 미녀들의 품에서 헤엄을 치고 있을 터였다. 나이 어린 사숙을 만날 일도 없었을 것이고.

그는 고개를 숙인 채로 단가려를 곁눈질했다.

한 곳에 정착해야 한다는 압박감 때문에 도망쳤다가 단 노야에게 되잡혀 가긴 했지만 단가려에 대한 그의 마음은 진심이었다.

그렇지 않았다면 그는 무슨 수를 써서라도 다시 도망쳤을 것이다.

그의 낯빛이 조금씩 편안해졌다.

'그래도… 려매만 한 여자는 없지. 속궁합이 이만큼 잘 맞는 여자를 또 어디서 만날까…… 성질이 좀… 많이… 무시무시해서 그렇지…… 내 팔자가 이 모양인 걸 어쩌겠냐.

그냥 살아야지.'

상황이 일단락되자 단가려에 대한 혁무산의 호구조사가
시작되었다.

"가려, 아니, 이제 나도 질부라고 해야겠구나. 질부야."

"예, 삼숙."

"일신상의 무공 성취가 네 나이에 보기 드문 것으로 보이
는구나. 누가 너를 가르친 것이냐?"

그의 질문을 들은 사람들의 눈이 호기심으로 반짝였다.

자리가 자리인터라 극도로 몸조심을 하고 있어서 그렇지
단가려의 기세는 남다른 바가 있었다.

그녀가 이룬 무공 성취는 종초희에 비해도 크게 떨어지
지 않았다.

미모에 가려져서 그렇지 종초희의 무공은 당대 후기지수
중 첫째, 둘째를 다툴 만한 것이었다. 남녀를 통틀어도 그
랬다.

좌중의 인물 중 단가려의 무공 수준을 알아차리지 못한
사람은 운지뿐이었다.

단가려가 대답했다.

"예쁘게 봐주셔서 감사합니다, 삼숙. 조부님께서 가르침
을 주셨습니다. 하지만 제 자질이 보잘것없어 조부님이 가
르쳐 준 것을 아직 채 반도 제 것으로 만들지 못했어요."

"조부? 질부의 할아버지 함자가 어찌 되시는가?"

"할아버님의 함자는 단에 외자로 휘 자를 쓰세요. 강호상에서는 그분을 혈겸마은(血鎌魔隱)이라 부르는 것으로 알고 있습니다."

"뭐라고!"

혁무산.

"헐!"

운천기.

"딸꾹!"

천공후.

"그 정도는 되어야 본 전의 사돈이 될 자격이 있지."

사마화정.

"단휘가 누구야?"

이건 진유아의 반응이었다.

그녀의 질문은 간단하게 무시당했다.

대답할 정신들이 없었으니까.

혁무산이 물었다.

"혈겸마은 단휘가 네 할아버지란 말이냐?"

"예, 삼숙."

"허!"

탄성을 토한 혁무산은 상관운에게 고개를 돌렸다.

누가 봐도 흐뭇해하는 눈빛이다.

그가 말했다.

"지난날의 네 잘못이 질부 덕분에 모두 상쇄되었다. 사형들도 기꺼워하실 거다. 암, 단가 정도라면 본 전의 사돈이 될 자격을 충분히 갖고 있지."

단휘를 비롯한 단씨 집안 사람들의 분위기, 어찌 생각하면 마중지존전보다도 더 살벌한 분위기를 떠올린 상관운의 이마에 굵은 땀방울이 서너 개 맺혔다.

그가 말했다.

"저도… 그렇게 생각합니다."

모두가 놀랄 만했다.

혈겸마은 단휘.

그는 우내십오강의 일인이자 천중구마존의 제오좌를 차지하고 있는 불가일세의 고수였으니까.

입문은 쉬우나 대성은 지난하다 알려진 기병(奇兵), 지옥혈겸을 무기로 사용하는 그는 성정이 냉혹하고 손속은 그보다 백배는 더 잔혹한 마도무림의 초강고수 중 한 명이었다.

第六章

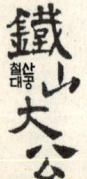
鐵山
대웅 철산
大公

상덕.

정오가 지난 지 한 시진도 되지 않은 터라 하오의 햇살을 여전히 뜨거웠다.

우루루루루.

한 무리의 인파가 막 도착한 커다란 배에서 내렸다.

장대한 체구의 사내 둘이 포함된 일행이 인파의 맨 앞에 있었다.

산하 일행이었다.

땅에 발을 디딘 산하 일행의 입이 절로 벌어졌다.

"뭔 사람이 이리 많아? 어마어마하구먼."

천공후의 휘둥그레진 눈이 사방을 정신없이 훑었다.

동정호를 끼고 있는 상덕은 고래부터 풍광이 수려해 시인묵객들이 즐겨찾던 관광의 명소긴 했다. 그러나 최근까지도 길가다 어깨를 부딪칠 수밖에 없을 만큼 혼잡스러웠던 적은 한 번도 없었다.

그런데 지금 상덕의 거리를 걷는 사람들은 다른 사람과 부딪치지 않기 위해 신경을 곤두세워야 했다. 그렇게 오가는 사람이 많았다.

인파의 구 할 구 푼은 무림인이거나 평생 가도 한 번 보기 어려운 절세고수들이 성회에 참석한다는 소문을 듣고 그들을 구경하기 위해 온 호사가들이었다.

"안휘성의 성도인 합비에서도 이렇게 많은 사람은 보지 못했던 거 같은데, 많긴 많네요."

진유아가 고개를 끄덕이며 천공후의 말을 받았다.

두 사람처럼 말을 하지는 않았지만 다른 사람들의 마음도 같았다.

"천 어르신, 우문세가가 여기서 멉니까?"

산하가 천공후에게 물었다.

일행 중 우문세가를 한 번이라도 방문했던 적이 있는 사람은 천공후가 유일했다.

천공후는 고개를 저었다.

"걸어서 두 시진 정도밖에 안 걸릴 거다. 경신술을 쓰면 금방이고."

"금방이군요."

대륙은 넓다. 그래서 사람들의 거리감도 섬이나 작은 나라에 사는 사람들과 많이 다르다.

그들은 사나흘은 가야 도착할 수 있는 곳도 가깝다고 말한다.

두 시진 거리면 그들에게 엎어지면 코 닿을 거리에 불과했다.

천공후를 앞세운 일행은 인파를 헤치며 우문세가를 향해 걸었다.

거리를 메운 사람들은 짜증난다는 기색을 숨기지 않으며 파고드는 사람들을 돌아보았다. 뭔가 한마디 하려던 그들은 급히 입을 다물며 옆으로 비켜섰다.

일행은 천공후가 안내자를 자처하며 맨 앞에 섰고, 그의 좌우에 산하와 운천기가 섰다.

사람들은 이들의 장대한 체구와 범상치 않은 기세에 놀란 것이다.

절세미인들이 여럿이라 그녀들의 미모에 사람들의 시선이 먼저 가야 했지만 그런 일은 벌어지지 않았다.

산하와 운천기의 몸집만으로도 달갑지 않은 주목을 받을
게 뻔한 터라 산하는 사마화정과 진유아 등, 일행 중 여인
이란 여인은 전부 안이 들여다보이지 않는 면사로 눈 아래
를 가리도록 했다.

사마화정이 조금 투덜거렸을 뿐 여인들은 순순히 면사를
썼다.

그녀들 전부가 얼굴을 드러내고 걷는다면 일행은 한 걸
음도 앞으로 전진하지 못할 거라는 걸 잘 알고 있었기 때문
이다.

천공후와 혁무산도 살짝 분장을 했다.

그들의 개성도 특이한 편이라 알아보는 사람이 있을 수
있었다.

말없이 길을 가는 게 심심했는지 혁무산이 상관운을 불
렀다.

"운아."

그에게서 서너 걸음 떨어져 있던 상관운이 보폭을 크게
해서 혁무산의 옆에 붙었다.

"예, 삼숙."

"산에 빨리 가는 게 낫지 않을까?"

"아버님과 이숙을 기쁘게 해드리려면 그렇게 하는 게 맞
긴 합니다만……. 그래도 이런 대성회를 언제 또 볼 수 있

겠습니까. 끝이 나는 대로 산으로 가겠습니다."

"다른 데로 세면 안 된다."

"려매가 허락하지도 않을 겁니다. 그녀는 아버님을 하루라도 빨리 뵙고 싶어 하거든요."

"그래?"

"예. 어린 시절부터 아버님은 그녀의 우상이었답니다."

"허! 기특하기도 하구나."

"기특… 하죠……."

상관운은 입맛을 다셨다.

단가려의 아름다움은 외가에 흐르는 핏줄의 영향을 받았다. 하지만 그녀의 성격은 할아버지인 단휘의 그것을 빼다박았다.

'려매가 삼숙에게 이쁨받으려고 여우짓을 하고 있어 모르시는 겁니다. 그녀의 성격이 얼마나 지랄 맞은지요. 그래도 언젠가는 본색을 아시게 될 겁니다. 그때도 기특하다는 말씀을 하실 수 있는지 소질이 지켜보겠습니다.'

일행은 이런저런 이야기를 나누며 길을 갔다.

두 시진은 금방 지나갔다.

천공후가 오 리 정도만 더 가면 우문세가가 있다고 말한 지점에서 일 리를 더 갔을 때 천공후의 걸음이 멈췄다. 일행도 걸음을 멈췄다.

"더 이상 가는 건 무리겠다."

천공후의 말에 일행은 고개를 끄덕였다.

폭 십여 장에 달하는 넓은 대로가 앞에 펼쳐져 있었지만 전진은 불가능했다. 사람들이 시루에 들어 있는 콩나물처럼 대로를 꽉 채우고 있었기 때문이다. 언뜻 보아도 사람들의 수는 기만 명을 가볍게 넘어갔다.

그들 너머로 일 장 높이의 담장에 둘러싸인 웅장한 장원의 모습이 보였다.

십만여 평에 달하는 대지에 서 있는 거대한 장원.

그곳이 우문세가였다.

우문세가의 문은 활짝 열려 있었지만 사람들은 들어가지 못했다. 정문에는 십여 명의 기세가 삼엄한 무사들이 도열해 있었는데, 그들 중 반은 사람들이 초청장을 가지고 있는지를 일일이 확인하고 있었다.

안에 들어갈 수 있는 사람들은 초청장을 가지고 있는 사람들로 한정되어 있는 모양이었다. 하긴 이 많은 사람을 전부 들여보낼 수는 없는 일이었다.

"그럼, 여기서 회합이 열릴 때까지 기다리자는 거냐?"

혁무산의 물음에 천공후는 어깨를 으쓱했다.

"방법이 없잖냐?"

"저것들 머리를 밟고 안으로 들어가면 되지. 어려운 일도 아닌데."

혁무산은 태평하게 말하고는 실제로 신형을 날리려 했다.

"혁 어르신. 안 됩니다!"

산하는 혁무산을 제지했다.

혁무산이 산하를 노려보았다.

"왜 말려?"

"대부분 무공 수준이 삼류도 못되는 평범한 사람들입니다."

"그렇다고 마냥 이러고 있을 수만은 없는 일 아니냐?"

"방법을 찾아보겠습니다."

"하여튼 쉬운 길을 두고 빙빙 돌아서 고생스런 길을 찾는 데는 천하에 널 당할 사람이 없을 거다."

산하는 뒷머리를 긁적였다.

눈뜨고 볼 수 없는 일이라 혁무산을 일단 말리기는 했지만 그리고 뾰족한 방법이 있을 리 없었다.

기를 방출해 억지로 길을 여는 건 쉬운 일이었다. 하지만 그는 그 방법도 내키지 않았다. 그는 힘으로 약한 사람을 억압하는 걸 혐오했다. 다른 것에는 답답할 만큼 무던하지만 이 부분에 대해서 그는 완고하기 그지없었다.

일행이 고민에 빠져 있을 때였다.

꼼짝도 하지 않을 것 같던 앞쪽에서 웅성거리는 소리가 났다. 그리고 앞을 막고 있던 사람들이 양옆으로 갈라서며 폭 석 자가량의 길이 났다.

"어? 뭐야?"

어리둥절해진 천공후가 중얼거리는 순간, 완전하게 길이 난 곳에서 오십대 초반으로 보이는 초로의 문사와 그를 호위하는 무사 네 명 차례로 걸어 나오더니 일행을 향해 포권했다.

그가 말했다.

"혹시 감숙에서 오신 강산하 소협 일행이 아니신지요?"

질문의 형식을 띠고 있지만 눈길은 산하에게 고정되어 있었다.

산하는 한 걸음 앞으로 나섰다.

"맞습니다. 제가 강산하입니다."

"수하들이 잘못 보지 않았군요. 다행스런 일입니다. 저는 우문세가의 부총관을 맡고 있는 곽기광이라 합니다. 저와 함께 가시지요. 안에 기다리는 분들이 계십니다."

산하의 눈이 반짝였다.

이런 곳에서 그를 기다리는 사람이 있을 만큼 그가 맺은 인연의 폭은 넓지 않다. 더구나 우문세가의 부총관을 내보내 마중을 시키려면 그 사람의 지위가 상당해야 했다. 대상은 곧 몇 사람으로 압축되었다.

"고죽검 이 형과 맹호도 팽 형이 이곳에 와 있습니까?"

곽기광의 입가에 미소가 맺혔다.

"그분들 외에도 기다리는 분들이 더 계십니다."

혁무산의 눈썹이 와락 일그러졌다.

무언가 마음에 들어 하지 않는 기색이었다.

"둘은 그렇다 쳐도 누가 산하를 기다려? 그 꼬마들이 입 다물라는 내 말을 한 귀로 흘렸구나. 내 이놈들을 그냥!"

곽기광은 흠칫하며 혁무산을 돌아보았다.

그는 산하에 대해서만 이야기를 들었을 뿐 그 일행들에 대해서는 언질을 받은 것이 없었다.

설령 언질을 받았다 하더라도 그가 혁무산을 알아보았을 가능성은 없었다.

지금의 혁무산은 내공으로 안면근육과 골격에 변화를 준 상태라 마천루의 무인이라 하더라도 못 알아볼 정도로 얼굴이 바뀌어 있었다.

"뉘신지……?"

곽기광은 조심스러운 어조로 물었다.

산하를 언급하면서 이진추와 팽무오는 그 일행에게 절대로 실수를 하면 안 된다고 신신당부했었다.

혁무산은 고개를 돌렸다.

"알 거 없다."

"......!"

곽기광의 안색이 딱딱하게 굳었다.

무림보다 상계에 집중하고 있다곤 하지만 우문세가는 무
가(武家)였다.

곽기광 또한 무공을 익히고 있었고, 그 수준도 일류였다.
게다가 일 년에 누만금을 운용하는 우문세가의 부총관이니
신분 또한 낮지 않았다.

결론은 누구한테라도 초면에 반말을 들을 신분은 아니라
는 것이다.

그의 굳은 안색을 본 천공후는 혁무산을 향해 눈을 부릅
뜨며 한 번 으르렁거리는 시늉을 했다. 그리고 곽기광에게
말했다.

"기분 상할 것 없네. 그는 신영공 우문직에게도 하대를
할 수 있는 신분의 사람일세."

사십대의 허름한 거지 행색을 하고 있는 천공후의 말 또
한 하대다.

곽기광의 눈썹이 미미하게 떨렸다.

분노가 치밀었지만 그는 어렵지 않게 그것을 참았다.

그에게 당부를 한 사람이 이진추와 팽무오뿐이었다면 그
는 발작했을 것이다. 그러나 그들과 함께 같은 내용의 당부

를 한 사람의 신분은 이진추나 팽무오와 비교할 수 없을 정도로 무거웠다.

곽기광의 얼굴에 미소가 떠올랐다.

"가시지요. 안에 들어가시면 궁금한 모든 것에 대해 알게 되실 것입니다."

우문세가의 내부는 밖에서 본 것보다 더 넓었다.

길에는 백석과 청석이 조화를 이루며 깔려 있었고, 정원이 딸린 이층 이상의 전각들이 즐비하게 늘어서 있었다.

연무장도 적지 않았는데 지금은 본래의 용도가 아닌 숙박의 용도로 사용되는 듯했다. 연무장마다 크고 작은 천막들이 가득 들어차 있었던 것이다.

곽기광이 일행을 안내한 곳은 우문세가의 내부 깊숙한 곳에 자리 잡고 있는 몽향원이었다.

이곳은 우문세가에서 귀빈을 접대할 때 사용하는 단층의 전각으로, 다섯 자 높이의 담장으로 둘러싸여 있었다. 그리고 전각의 앞뒤로 넓은 정원과 정자 등이 딸려 있는 데다 전각 자체도 감탄이 나올 정도로 우아한 기품이 넘쳤다. 장식품 하나하나에서 장인의 공이 느껴질 정도로 공을 들인 곳이었다.

정원에는 여러 사람이 산하 일행을 기다리고 있었다.

그들 속에서 이진추와 팽무오를 발견한 산하는 반가운 얼굴이 되었다.

이진추와 팽무오의 옆에는 머리에 아홉 개의 계인을 박은 네 명의 중이 서 있었다.

산하의 시선이 잠시 그들을 훑었다.

중들은 사십대 초중반 정도로 보였다. 산하의 시선을 받은 그들이 반응하려 했지만 시점이 조금 늦었다.

이진추와 팽무오가 산하에게 포권을 하며 인사를 했던 것이다.

"강 공자님의 당당한 풍채를 이렇게 빨리 다시 보게 될 줄 몰랐습니다."

산하의 얼굴에 환한 웃음이 떠올랐다.

그도 마주 포권하며 입을 열었다.

"이 형, 팽 형. 다시 보게 되어 반갑습니다."

이진추가 말했다.

"건강해 보이십니다."

"하하하, 제가 아프면 주변 사람들이 감당을 못합니다. 그래서 그런가 아프려 해도 잘 안 되는군요."

"하하하하."

산하와 짧은 인사가 오고간 후 이진추와 팽무오는 천공후 등을 향해 허리를 푹 숙였다. 그들의 이마가 땅에 닿을 듯했다.

무릎만 꿇지 않았을 뿐이지 가히 극경의 예라 할 만한 자세였다.

"백검산장의 이진추와 팽가의 무오가 어르신들을 뵙습니다."

사마화정 등은 간단하게 고개만 끄덕여 두 사람의 인사를 받았다.

곽기광의 입안이 절로 바짝 말랐다.

호기심 때문이었다.

대체 저들의 신분이 무엇인지 궁금해 죽을 지경이었지만 아무도 그에게 사마화정 등의 신분을 알려주려 하지 않았다.

그때 그를 대경실색하게 만든 일이 벌어졌다.

묵묵히 산하 일행과 이진추 등의 인사를 지켜보고만 있던 중년승들이 한 걸음 앞으로 나서며 동시에 반장의 예를 취했다. 반장의 예야 중년승들의 사문인 소림에서 늘상 행해지는 것이니 놀랄 일은 아니었다.

곽기광을 놀라게 한 것은 중년승들의 수좌격인 영인 선사가 한 말 때문이었다.

"사대금강이 소사숙조를 뵙습니다."

영인은 곽기광에게 산하를 마중해 달라고 부탁을 한 사

람이었다.

"⋯⋯!"

곽기광만 대경실색한 것이 아니었다.

산하의 신분을 어림짐작하고 있던 이진추와 팽무오의 얼굴에도 경탄의 기색이 떠올랐다.

그들도 짐작만 할 뿐 산하의 신분이 어떠한지를 정확하게 알고 있지는 못했다.

영인의 한마디는 그들의 짐작을 확인시켜 준 것이나 마찬가지였다.

"소사숙⋯조?"

과묵한 편인 팽무오는 자기도 모르게 말을 더듬었다.

영인 선사는 소림의 지객당을 맡고 있는 장로 혜법 선사의 제자였다.

그에게 소사숙조라 불리기 위해서는 혜법 선사보다 한 배분이 위여야만 했다.

그것은 산하가 당대 소림제일인이자 신검 사마군과 함께 정도무림 제일인을 다투는 법공 상인과 동배분이라는 것을 의미했다.

영인의 말을 귀로 분명히 들었는데도 쉽게 믿어지지 않는 일이었다.

그들이 아닌 누구라도 영인의 말을 들으면 마찬가지 심

정이 되었을 것이다

하지만 믿지 않을 수도 없었다.

이곳에 있는 네 명의 금강나한은 팔대금강 중의 네 명이었다.

다른 네 명은 소림사에 있었다.

그들의 평소 임무는 소림방장의 호위이고, 전부가 방장의 곁을 떠날 수는 없기에 넷만 산문을 나선 것이다.

전통적으로 소림의 차기 장문인은 팔대금강의 수좌승이 된다.

영인은 팔대금강의 수좌승인 영무 다음의 서열 이위자였다.

빈말을 할 사람이 결코 아니었다.

그의 말대로 산하가 법공 상인과 동배분이라면…….

사람들의 생각은 저절로 산하의 스승이 누구인가로 향했다.

그들의 안색이 홍분으로 시뻘겋게 물들었다.

소림사 출신으로 살아 전설이 되어버린 한 사람의 이름이 그들의 뇌리에 벼락처럼 떠오른 것이다.

"쩝."

산하는 입맛을 다셨다.

그는 반장으로 사대금강의 인사를 맞으며 말했다.

"누구의 뜻이오?"

배분이 어떻든 사대금강의 나이는 그보다 배 이상 많았다.

한 번도 본 적이 없는 사이에 대뜸 하대하는 건 산하의 성격상 기대할 수 없는 일이었다.

영인의 툭 불거진 광대뼈 밑에 홍조가 떠올랐다.

그 표정은 단숨에 속내를 들킨 사람의 그것이었다.

자신의 한마디에서 산하는 많은 것을 유추해 낸 듯했다.

"스승이신 혜법 장로님의 뜻이었습니다."

"쓸데없는 짓을 하라 하셨군요."

그의 시선이 놀라 입을 다물지 못하고 있는 곽기광에게 닿았다.

"곽 부총관님."

"예. 강… 공자… 님."

곽기광도 팽무오처럼 더듬거렸다.

순간적으로 산하의 호칭을 뭐라 해야 하는지 혼란에 빠진 터라 그의 대응은 어정쩡할 수밖에 없었다.

"방금 들은 것에 대해서는 함구를 부탁드립니다. 세가의 수장 되시는 분께야 당연히 보고를 하시겠지만, 저는 그 외의 사람이 저와 소림의 관계를 알게 되는 걸 원치 않습니다."

산하의 신분을 알게 된 뒤다.

그를 대하는 곽기광의 태도는 더 이상 정중할 수 없을 정도가 되었다.

허리를 숙인 그가 산하의 말을 받았다.

"최선을 다하겠습니다."

"그리고 저에 대한 호칭은 방금 전처럼 하시면 됩니다. 특별히 더 신경을 쓰시지 않아도 됩니다. 편하게 대해 주시지 않으면 제가 오히려 불편합니다."

"배려에 감사드립니다."

산하에게 포권을 하며 곽기광은 속으로 안도의 한숨을 내쉬었다.

현재 우문세가를 방문한 모든 문파의 요인을 통틀어도 산하보다 높은 신분의 사람은 없었다.

그가 신분에 맞는 대접을 원했다면 당장 신영공 우문직이 이곳으로 뛰어와야 했다.

그 정도로 후폭풍이 엄청난 일이었다.

산하와 영인이 인사를 나누는 때부터 이맛살을 잔뜩 찌푸리고 있던 천공후가 갑자기 세차게 코웃음을 쳤다.

"흥, 사대금강이 이곳에 있는 것이 이상하다 생각했더니만 혜법이 꼴 같지 않게 잔머리를 굴렸구나."

잔뜩 심사가 뒤틀렸다는 것을 알 수 있는, 명백한 시비조의 말투였다.

천공후에게 돌리는 영인의 눈빛이 사나워졌다.

천공후와 사마화정, 혁무산은 소림에 들르지 않았었다.
그 때문에 소림제자들은 산하가 어떤 사람들과 함께 있는
지 알지 못했다. 영인도 예외는 아니었다.

영인의 눈빛을 본 이진추가 다급하게 입술을 달싹였다.

날아가는 화살보다 빠른 속도의 음성이 영인의 귓전을
벼락처럼 두드렸다.

[영인 대사님! 실수하시면 안 됩니다. 역용을 하고 계셔
서 알아보지 못하고 계시지만 저분은 개방의 태상장로이신
구주독행개 천공후, 천 노선배님이십니다!]

"흡!"

천공후를 향해 막 한마디를 하려던 영인의 입이 열릴 때
보다 배는 빠르게 다물어졌다.

설마 저 비루해 보이는 중년인이 개방 일백 년 내 최고의
고수라는 구주독행개 천공후라니.

사대금강은 소림에서부터 이곳까지 이진추, 팽무오와 동
행했다.

동행의 기간 동안 이진추 등은 사대금강에게 산하의 일
행이 아주 무시무시한 신분을 가진 사람들이기에 몸가짐에
조심해야 한다는 말을 자주 했었다. 하지만 그들의 정체에

대해서는 한마디도 하지 않았다. 그래서 사대금강은 천공후 등에 대해 아는 바가 없었다.

천공후의 마뜩찮아 하는 눈길이 영인에게 닿았다가 이진추를 향했다.

이진추는 식은땀을 삐질삐질 흘리며 천공후의 시선을 피했다.

"잘 논다. 잘 놀아."

"뭐가?"

혁무산이 눈을 껌벅이며 물었다.

그는 천공후가 왜 산하와 영인의 대화에 뜬금없이 끼어들었는지를 이해하지 못하고 있었다.

천공후가 재차 코웃음을 쳤다.

"홍, 방장은 안 그런데 혜법은 여우 기질이 있어. 지객당에서 손님 맞는 일을 하두 오래 해서 그런가. 이번 일도 그래. 저기 곽가와 이가, 팽가 아해들이 지켜보고 있는데 영인이 산하의 신분을 밝혀 버렸잖아. 방금 전 산하가 함구를 부탁하긴 했지만 그게 얼마나 오래 가겠냐. 혁가야, 너는 앞으로 산하에게 어떤 일이 벌어질지 예상이 되지 않냐?"

그제야 영인의 한마디가 갖는 여파에 생각이 미친 혁무산이 눈을 크게 떴다.

"허! 정말 잔머리로구나!"

우내십오강의 셋을 단신으로 패퇴시킨 산하였다.

당세제일을 다툰다는 용천악과 법공, 사마군이라 할지라도 그의 상대가 될지 의문스러울 정도로 산하는 강했고, 지금도 계속 강해지고 있는 중이었다.

비록 비공식적인 자리이긴 했지만 영인은 그처럼 강한 절대초강고수가 소림사 출신이라는 걸 전 무림의 관심이 집중되어 있는 우문세가에서 밝힌 것이다.

혜법은 앞으로 산하가 강호에서 무엇을 할지 알지 못했다.

그러나 낭중지추라…….

천사종과 최초로 조우한 산하였다. 그리고 천사종은 산하를 두고 볼 세력이 아니었다.

그들 사이의 충돌은 필연이었고, 산하는 천하에 드러날 수밖에 없었다.

혜법은 그리 판단했고, 영인에게 기회를 보아 산하의 신분을 사람들 앞에서 밝히도록 지시했다.

그는 이 기회에 오랫동안 강호출입을 하지 않아 소림의 위상에 의심스런 시선을 던지는 세파에 여전한 소림의 잠재력을 확인시켜 주고 싶어 했던 것이다.

소림의 방장인 혜인이 알았다면 경을 칠 일이었다.

그는 소림의 명예가 불문(佛門)에 있지 무문(武門)에 있지 않다는, 선종 본연의 가르침에 충실한 사람이었으니까.

혜법은 산하의 신분을 밝히는 것이 천하에 미칠 영향을 생각하며 흐뭇해했지만 그로 인해 어떤 일이 발생할 것인지에 대해 정확하게 알고 있지는 못했다.

지객당을 맡은 터라 그는 무림의 정세에 해박하긴 했다. 그러나 그는 세파를 직접 경험한 사람이 아니었다.

아무리 많은 손님을 맞아 대화를 나눠보았다 해도 그는 소림의 산문 밖으로 나가본 적이 거의 없는 산중의 수행승이었던 것이다.

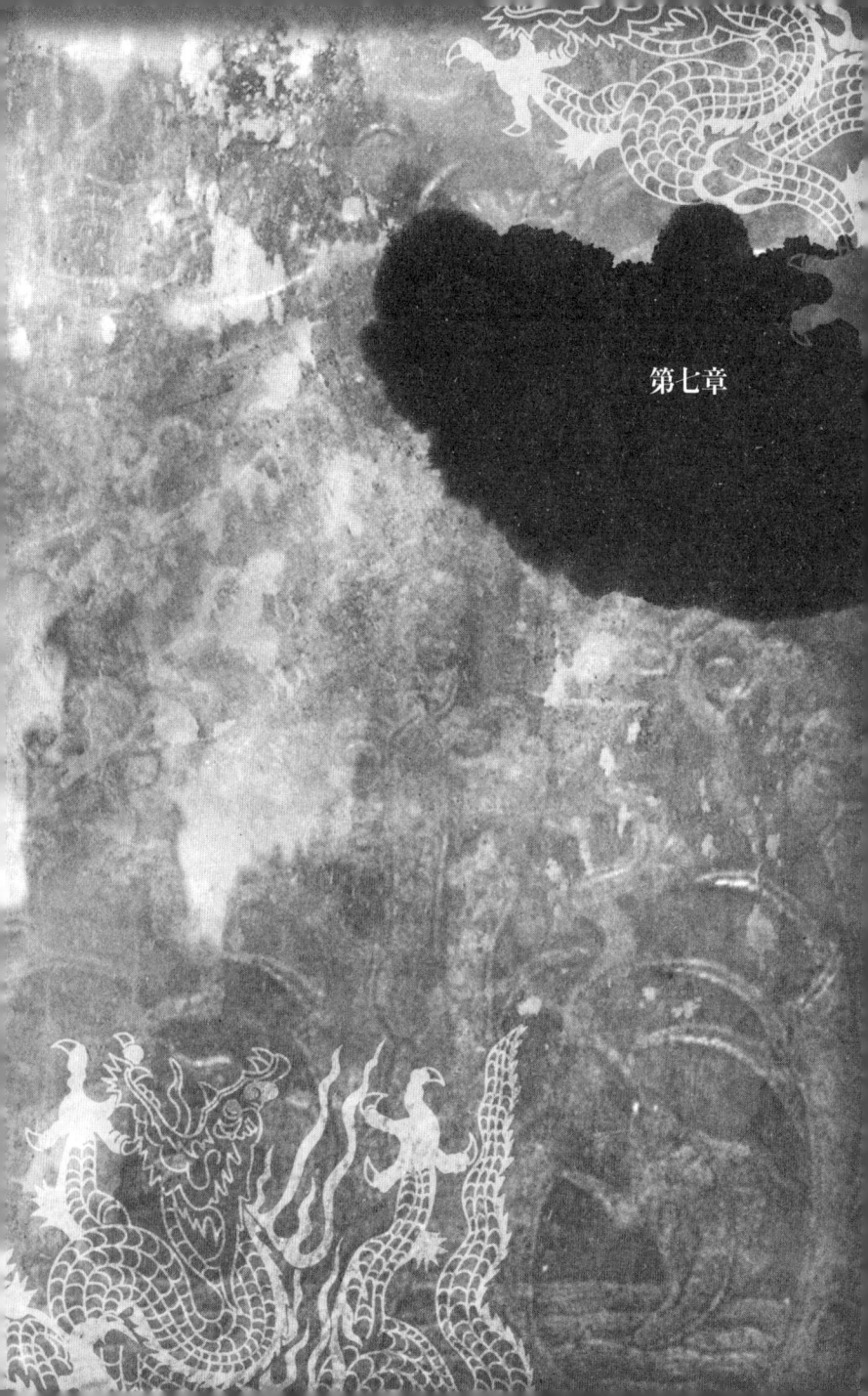

第七章

鐵山
철공
대산
大公

"소사숙조? 영인이 분명 그를 향해 소사숙조라 했단 말이지?"

"그렇습니다, 지존."

천사종주의 눈에서 무서운 신광이 쏟아져 나왔다.

"소사숙조… 법공과 동배분……. 그랬구나… 그랬어! 놈, 나후의 손길이 닿았구나!"

나직한 탄성.

대전에 부복한 흑포노인, 소만증은 속으로 안도의 한숨을 내쉬었다.

그는 지금처럼 천사종주가 기꺼워하는 기색을 언제 보았는지 기억도 잘 나지 않았다. 최근의 천사종주를 떠올리면 찌푸린 얼굴과 분노한 눈빛밖에 생각나는 것이 없을 정도였다. 그래서 보고하러 들어올 때마다 가슴을 졸였었다.

탄성을 토하던 천사종주의 눈빛이 깊게 가라앉았다.

대전의 분위기도 가라앉았다.

'천살광마혼주는 유청광 외에는 아무도 만들어내지 못하는 존재다. 허… 신승과 마조가 손을 잡고 놈을 키웠단 말인가? 어떻게 그런 일이 있을 수가……?'

그의 머릿속이 복잡해졌다.

믿을 수 없는 일이었지만 드러난 정황은 그의 생각이 옳다는 것을 말해주고 있었다.

'천살광마혼에 혼이 잠식당했던 놈이 어떻게 그것으로부터 벗어났는지가 내내 궁금했었지. 신승 나후… 그자가 광마혼주에게 무언가 조치를 취한 덕분이었을 것이다. 나후라면… 소림의 천년저력이라면 능히 그럴 수 있지. 진마류의 비전이 뛰어나다 하나 소림 또한 그에 못지않은 문파니까. 하나의 의문이 풀렸구나. 그렇다면… 실험이 필요해……. 그자가 광마혼을 어디까지 억제할 수 있는지를 확인해야 한다.'

생각에서 빠져나온 천사종주가 물었다.

"부총관 곽기광의 입단속은 시켰겠지?"

소만중의 대답은 지체없이 나왔다.

"물론입니다. 그가 보고한 사람은 저와 가주뿐입니다. 부총관은 입이 무겁습니다. 별도의 지시가 있기 전까지 그가 강산하의 신분을 또 다른 사람에게 발설할 가능성은 없습니다, 지존."

천사종주는 고개를 끄덕였다.

"그래, 기광은 믿을 만하지."

천사종주의 입가에 가는 미소가 떠올랐다.

그가 중얼거렸다.

"생각보다 일이 재미있어지겠군……. 으하하하하!"

무서운 힘이 실린 웃음소리가 대전바닥에 낮게 깔렸다.

*   *   *

산하 일행이 우문세가에 도착하고 육 일이 지났다.

사람들은 계속해서 상덕으로 밀려들었다.

온갖 상점과 객잔을 운영하는 상인들은 신이 났다. 반해서 포쾌들은 정신없이 바빠졌다. 모여든 사람들은 거친 무인들이 태반이어서 상덕의 거리는 한시도 조용한 때가 없었다.

다행히 요즘은 그나마 거리가 한적해졌는데 그건 올라간 기온 덕분이었다.

여름이 정점에 도달하고 있었다.

대낮에는 가만히 서 있어도 땀이 온몸을 적실 정도로 더운 날씨가 계속되고 있었다.

"언니, 오늘은 큰오빠가 나오실까요?"

해가 느리게 중천을 향해 달려가는 시각의 몽향원 뒤편 후원에서 시무룩한 목소리가 났다.

정원에 놓인 커다란 바위에 엉덩이를 붙이고 종초희와 나란히 앉아 턱을 괴고 있던 운지가 그 목소리의 주인공이었다.

그녀가 종초희에게 물었다.

종초희는 부드럽게 웃으며 말을 받았다.

"글세……. 그분의 마음을 내가 어떻게 알겠니. 하지만 공자님도 성회가 이틀밖에 남지 않았다는 걸 알고 계시잖아. 늦어도 내일은 나오실 거야."

두 사람의 시선은 인공으로 만든 오 장 높이의 가산에 닿아 있었다.

가산은 두 개의 산봉우리가 연이어져 있는 형태였고, 산봉우리 사이에는 길이 나 있었다. 눈에는 보이지 않지만 길을 따라 산봉우리의 안쪽으로 들어가면 지면을 덮고 있는 커다란 청석을 볼 수 있었다. 그리고 청석 밑에는 연공실이 있었다.

우문세가에서 마련한 접대용 거처에는 모두 연공실이 마련되어 있었다. 세가를 찾는 무인들을 위한 배려였다.

"보고 싶은데……."

운지가 입술을 삐죽 내밀며 말하자 종초희는 웃으며 그녀를 돌아보았다.

"너만 그렇겠니? 다들 공자님을 보고 싶어 좀이 쑤신다는 표정들이시잖아. 특히 사조님은……."

"저도 알아요. 그분이 발작하기 직전이시라는 거."

"응."

종초희와 운지는 사마화정을 생각하며 부르르 몸을 떨었다.

운지가 말했다.

"큰오빠가 빨리 나오셔야 해요. 천 어르신과 혁 어르신이 대랑께 당하는 걸 보면 불쌍해 죽겠어요."

종초희가 맞장구쳤다.

"그건 그런데… 허구한 날 그렇게 당하시면서도 날만 밝으면 득달같이 대랑의 방을 찾아가시는 분들을… 정말 일편단심이신 분들인데 사조님은……."

그때 두 사람의 등 뒤에서 심드렁한 목소리가 났다.

"내가 뭘 어쨌다고?"

종초희와 운지는 사색이 되어 구르듯 옆으로 몸을 비키며 벌떡 일어났다.

고개를 돌린 그녀들은 쪼그리고 앉아 두 사람을 보고 있는 사마화정을 발견할 수 있었다.

종초희의 이마에 굵은 땀방울이 맺혔다.

"오셨어요, 사조님."

"그래, 왔다. 무슨 얘기들을 그리 재미있게 하고 있었어?"

"호호… 호… 별거 없었어요. 주공께서 언제 나오실지에 대한 얘기였거든요."

웃음소리가 약간 어색했지만 종초희의 대답은 거침없었다.

사마화정 앞에서 말을 더듬거리면 안 된다.

오랜 경험 끝에 그녀가 터득한 진리였다.

사마화정은 고개를 갸웃했다.

"내 얘기도 섞여 있는 거 같았는데……. 아니야?"

종초희와 운지는 아주 세차게 고개를 저었다. 그리고 동시에 대답했다.

"무슨 그런 말씀을!"

"이상하다. 내 귀에는 분명히 나에 대한 얘기를 하고 있는 것처럼 들렸는데……. 나도 늙었나? 벌써 환청이 들리면 큰일인데……."

종초희와 운지가 사색이 되어갈 때 구원자가 환상처럼 세 사람의 옆에 모습을 드러냈다.

"애들 데리고 놀면 좋아?"

진유아였다.

사마화정은 눈살을 찌푸리며 진유아의 전신을 아래위로 훑었다.

진유아는 팔꿈치 아래가 환하게 드러나고, 치마의 양옆이 허벅지의 끝까지 터진데다 몸에 착 달라붙어 더할 수 없이 관능적인 붉은색 전통 복장 차림이었다.

더운 날씨임에도 백색 궁장을 포기하지 않는 사마화정의 모습과는 아주 대조적인 옷차림이었다.

한서가 불침하는 사마화정이기에 궁장을 입는다고 더워 할 리는 없었지만 아무래도 보는 사람의 눈을 더 시원하게 해주는 여인은 진유아였다.

사마화정이 고개를 모로 꼬며 뱉듯이 말했다.

"아예 벗고 다니지?"

진유아는 놀란 듯 양손을 가슴 앞에서 깍지 껴 쥐고 눈을 반짝이며 말을 받았다.

"어머! 동생 취향이 그쪽이었어? 그런데 어떻게 하지? 난

여자는 별로라서?'

"흥! 내 취향이야 언니가 관심 가질 영역이 아니고. 그런데 벗고 다녀도 눈길이나 받을 수 있을까 모르겠네. 너무 늙어서 말이지."

"그래? 동생이 그렇게 말하니까 갑자기 내가 얼마나 늙어 보이는지 궁금해지는걸."

진유아는 터진 치마 사이로 백옥처럼 빛나는 긴 다리를 내밀고는 손으로 한 번 훑듯이 만져 보며 중얼거렸다.

"음… 내가 그렇게 늙어 보이나? 산하가 나오면 그 앞에서 한번 벗어볼까?"

"헉!"

종초희와 운지가 손으로 입을 막았다.

사마화정의 눈빛도 살벌해졌다.

진유아는 자신의 말을 실행에 옮기고도 남을 여자였다.

다른 여자가 산하를 유혹한다면 언제나 쌍수를 들고 환영할 사마화정이었지만 진유아는 그 다른 여자에 속하지 않았다.

'적어도 나보다 나이 많은 여자가 주공과 동침하는 건 절대로 안 돼! 주공이 어떤 분이신데 저런 늙다리가 감히!'

그녀의 속내였다.

종초희와 운지는 두 여걸물의 눈치를 살피며 뒷걸음질로

살금살금 두 사람과의 거리를 벌렸다.

고래싸움에 새우등 터지기 딱 좋은 상황이었다.

휘이이—

바람 소리와 함께 장내의 사람 숫자가 셋이 더 늘었다.

천공후와 혁무산, 운천기였다.

후원에서 발산되는 살벌한 기의 흐름을 쫓아온 것이다.

나타난 사람들을 본 사마화정의 눈빛이 더욱 살벌해졌다.

세 명의 상당히 나이 많은 사내들은 금방이라도 침을 흘릴 것 같은 표정으로 진유아를 보고 있었다.

정확히 말하면 그들이 보고 있는 건 아직 진유아가 치마 안으로 집어넣지 않은 그녀의 흰 대리석 기둥 같은 다리였다.

스스스스스스—

사마화정의 전신에서 무시무시한 살기가 아지랑이처럼 흘러나왔다.

세 명의 사내는 흠칫하며 정신을 차렸다.

그들은 살기의 진원지인 사마화정을 일별하고는 '어마, 뜨거라' 하는 표정으로 시선을 딴 데로 돌려 딴청을 피웠다.

어색한 얼굴에는 식은땀이 송골송골 맺혔다.

천하의 겁천마후 앞에서 자신들이 무슨 짓을 했는지 자각한 것이다.

분명 날씨는 더웠다. 그런데 후원에 있는 사람들은 시원함을 넘어 한기를 느끼고 있었다. 사마화정과 진유아를 제외하고.

사마화정의 발작이 막 시작되려 할 때.

그르르르릉.

돌이 마찰하는 소리가 장내의 어수선한 분위기를 단숨에 잠재웠다.

사마화정의 신형이 한 덩이 구름처럼 수직으로 일 장을 떠오르더니 누가 잡아끌기라도 하는 것처럼 칠 장을 수평으로 이동했다. 그리고 착지한 그녀의 앞에는 산하가 있었다.

그는 사방 다섯 자 폭의 장방형 청석판이 밀려나며 드러난 구멍을 통해 느릿느릿 걸어 올라오는 중이었다.

올려다보는 산하의 눈과 마주친 사마화정의 눈에 환한 웃음기가 번졌다.

"주공!"

산하의 얼굴에도 미소가 떠올랐다.

그가 말했다.

"대랑이 심심해하실 거 같아서 좀 일찍 나왔습니다."

"역시 주공밖에 없어요."

사마화정은 완전히 밖으로 나온 산하의 굵은 팔뚝을 잡고 어린 소녀처럼 눈을 빛내며 말했다. 뒤따라온 진유아 등이 없었다면 팔짝팔짝 뛰기라도 할 것 같은 표정이었다.

산하는 부드럽게 웃으며 자신의 팔뚝에 올려놓은 사마화정의 손을 토닥거려 주었다.

그는 사마화정이 자신과의 피부 접촉을 얼마나 좋아하는지 알고 있었다. 그리고 그런 그녀의 심정이 아기를 안아주는 어머니와 비슷하다는 것도.

"험험."

헛기침을 해서 이 자리에 사마화정만 있는 게 아니라는 걸 환기시킨 천공후가 산하에게 물었다.

"소기의 성과는 얻은 거냐?"

"엿새 들어앉는다고 성취를 얻을 수 있는 것들이 아닙니다. 하지만 작은 가닥들은 잡을 수 있었습니다."

"그래?"

사람들의 눈이 빛났다.

진유아를 제외하고 그들은 산하가 어떤 무공을 익히고 있는지, 그의 전부를 알고 있지는 못했다. 그러나 최소한 그가 신승과 마조의 진전을 얻었다는 건 알고 있었다.

산하가 말한 작은 가닥이 그들의 것에 국한되어 있다 해도 상관없었다. 두 전대 거인의 진전만 제대로 익혀도 당세 무적은 꿈이 아니었으니까.

목욕을 하고 식사를 마친 산하는 마침 자신을 찾아온 이 진추와 팽무오를 만날 수 있었다.

그의 신분이 밝혀진 직후 몽향원은 온전히 산하 일행만을 위한 숙소가 되었다.

그때까지 몽향원에 머물렀던 영인 등의 금강나한들도 다른 곳으로 숙소를 옮겼으며, 출입문에는 이인일조의 경비 무사가 교대로 근무를 섰다. 그리고 그들에 의해 외부인들의 출입은 엄격하게 통제되었다.

이진추와 팽무오는 예외였지만 몽향원에 머문 첫날부터 산하가 바로 연공실에 들어가 버린 터라 그들은 몽향원을 찾지 않았다.

"제가 연공실에서 나온 지 반 시진도 되지 않았는데 두 분이 어떻게 알고 찾아온 겁니까?"

이진추가 눈짓으로 밖을 가리키며 말을 받았다.

"몽향원에서 나는 마후님의 웃음소리가 담을 넘는 걸 들었습니다. 그분이 그처럼 기쁘게 웃을 일이야 한 가지밖에 없지 않습니까."

산하는 고개를 끄덕였다.

사마화정이 대소를 터뜨리는 경우는 그와 관련된 것밖에 없다.

그도 목욕을 하는 동안 밖에서 들리는 사마화정의 호탕한(?) 웃음소리를 여러 차례 들었다.

"강 공자님, 부탁 하나 드려도 되겠습니까?"

이진추의 말이 끝나기를 기다리던 팽무오가 산하에게 물었다.

"말씀하십시오."

"얼마 전 우문세가와 여러 문파, 세가의 어른들께서 성회가 시작되기 전에 이곳에 있는 무림의 젊은 친구들이 한곳에 모여 관계를 돈독하게 하는 게 어떻겠냐는 말씀이 있었습니다. 아무래도 이렇게 많은 사람이 함께 모이는 경우는 평생 가도 한 번 있을까 말까 할 정도로 힘든 일이니까요. 그래서 열기가 식은 오후에 운향각이라는 곳에 모여서 간단하게 차 한 잔 하며 우의를 나누기로 했습니다. 그곳에 강 공자님과 종 소저를 초대하고 싶습니다. 강 공자님을 만나고 싶어 하는 사람들도 있고요. 함께 가주시지 않으시겠습니까?"

팽무오의 어투는 시조일관 정중했다.

산하의 신분을 생각하면 그의 태도는 결코 과하다 할 수 없었다.

종초희를 떠올린 산하는 고개를 끄덕였다.

주변에 온통 노괴(老怪)라는 말이 어색하지 않은 사람들 천지라 그녀는 언제나 긴장을 풀지 못했다. 산하가 그들을 편하게 대한다고 그녀까지 그들을 편하게 대하는 건 있을 수 없는 일이었다.

종초희도 또래와 시간을 보낼 필요가 있었다.

"나쁘지 않은 일이로군요. 그런데 누가 저를 보고 싶어 한다는 겁니까?"

"공손세가와 대환궁을 비롯한 단심맹 분들이 공자님을 보고 싶어 하더군요. 혹시 그분들과 어떤 인연이 있으셨습니까?"

"흠……."

산하의 눈썹이 미미하게 꿈틀거렸다.

공손세가와 대환궁이라면 좋은 인연으로 만나기 어려웠다.

보나마나 숭양보와 공동산에서 벌어졌던 일의 연장선일 테니까.

두려움 따위는 없었다.

조금 귀찮다는 생각이 들었을 뿐.

그들이 아니라 청천단심맹주 신검 사마군이 와서 기다린다고 했어도 그의 반응은 같았을 것이다.

덩치만큼이나 큰 간을 가진 그였다.

옥화산을 내려와서 겪은 여러 일은 가뜩이나 크던 그의 간담을 더 크게 키워 놓았다.

'피한다고 될 일이 아니긴 하지……. 결자해지라고 했다. 오히려 좋은 기회일 수도 있어. 이참에 완전히 매듭을 짓자.'

산하는 흔쾌히 고개를 끄덕였다.

"알겠습니다. 가도록 하죠. 종 소저도 거절하진 않을 겁니다."

이진추와 팽무오의 얼굴이 환해졌다.

"고맙습니다."

"고마울 것까지야……."

"아닙니다. 강 공자님을 모실 수 있는 기회를 얻었는데 어떻게 고맙지 않을 수 있겠습니까."

"제 신분에 대해서는 함구를 부탁드리겠습니다."

"염려하지 마십시오. 입에 자물쇠를 채우겠습니다."

두 사람이 가고 난 후 산하는 그를 위해 특별하게 제작된 거대한 침상에 팔베개를 하고 누웠다.

'말로 풀 수 있었으면 좋겠다마는……. 잘 되려나?'

지난날 숭양보에서 만났던 공손무양의 얼굴과 공동산에 가는 길에 충돌했던 대환궁의 차남 방욱량의 모습이 선명하게 떠올랐다.

　두 사건 모두 좋게 끝나지 않았다.

　'공손무양이란 자는 무인의 기질이라도 있었지만 방욱량은 시정잡배보다도 못한 자였다. 두 문파에서 누가 왔을까?'

　생각을 이어 나가던 산하는 피식 웃으며 눈을 감았다.

　'닥치면 알 게 될 일. 미리부터 궁금해할 필요는 없지.'

　잠시 후.

　그의 숨결이 낮아졌다.

　잠든 것이다.

　한 시진 후 잠에서 깨어난 산하는 종초희를 찾아갔다. 그의 얘기를 들은 종초희는 망설임없이 동행을 수락했다.

　그녀는 무척이나 즐거워했다.

　그녀가 좋아하니 산하의 마음도 밝아졌다.

　그는 평균연령이 너무 높은 일행을 떠나 비슷한 연배의 남녀를 만날 수 있다는 것이 그녀를 기쁘게 만들었다고 생각했다.

　하지만 그건 단순하기 그지없는 그의 착각이었다.

　종초희가 기뻐한 것은 또래의 젊은 무인들을 만날 수 있다는 것 때문이 아니라 모처럼 산하와 단둘이 있을 수 있다는 것 때문이었으니까.

그녀는 산하를 만나기 전에도 신진고수에게 관심을 가졌던 적이 전혀 없었다. 산하를 만난 후로는 무관심이 더욱 심해졌고.

비록 환상이었지만 용과 함께 노니는 산하의 모습을 본 그녀였다. 그런 그녀의 눈에 찰 만한 신진고수의 존재가 있을 리 만무였던 것이다.

종초희의 준비는 반 시진이나 걸렸다.

그녀의 방을 다시 찾은 산하는 입을 딱 벌렸다.

방에는 세 사람이 있었다.

종초희와 사마화정, 그리고 진유아였다.

사마화정과 진유아에게 목례를 한 산하는 종초희에게 고개를 돌렸다.

그리고 석상이 되었다.

언제나 그와 함께했던 무복 차림의 여고수 종초희는 그 자리에 없었다.

피부는 유리로 빚은 듯 맑고 투명했고, 단아하게 빗어 틀어 올린 머리는 봉황취옥잠으로 마무리했다. 귓불에서 찰랑이는 건 이름을 알 수 없는 보석을 정교하게 세공한 봉황 문양의 귀걸이였고, 학처럼 긴 목 아래는 순백의 궁장이 풍성하고 우아하게 가렸다.

그녀의 모습은 산하의 넋을 빼놓을 만큼 아름다웠다.

놀라 눈을 껌벅거리는 산하를 본 종초희가 손으로 입가를 가리며 소리없이 웃었다.

"마음에 드시나요?"

"…선녀가 울고 가겠습니다……."

산하는 말을 돌리는 법을 알지 못하는 사내다.

그의 직접적인 칭찬에 종초희의 뺨이 붉은 능금처럼 변했다.

"예쁘게 봐주셔서 감사합니다."

"네가 예쁘게 보이지 않는다면 주공의 문제는 정말 심각한 거야. 다행히 그 정도로 심각하시지는 않은 것 같아서 다행이다. 지금의 너를 보고 담담하셨으면 어쩔 수 없이 나까지도 주공이 고자가 아닌지 의심하게 되었을 거야."

"대랑, 이상한 말씀 하지 않으시기로 했잖습니까!"

산하는 당황해서 사마화정의 입을 막았다.

진유아가 산하를 거들었다.

"동생, 말 좀 가려서 해. 그러는 건 오히려 판을 깨는 거라니까."

"내가 뭐라 했다고? 언니는 맨날 나만 갖고 그래!"

사마화정은 투덜거리며 진유아를 흘겨보았다.

그다지 기분나빠하지는 않는 모습이었다.

평소 남잔지 여잔지 구분이 안 될 만큼 무복을 즐겨 입던 종초희의 성장(盛裝)이 어지간히 마음에 든 듯했다.

종초희의 아름다움에 적지 않게 놀랐지만 산하는 곧 평정을 되찾았다.

눈을 흘기는 사마화정도 아름다웠고, 사마화정의 말을 뉘 집 개가 짖나 여기며 하품을 하는 진유아의 아름다움도 인세의 것이 아닌 것처럼 여겨지기는 마찬가지였기에.

산하와 종초희가 방에서 나왔을 때 몽향원에는 이진추가 도착해 있었다.

종초희를 본 그의 눈이 찢어질 것처럼 커졌다. 말은 하지도 못했다. 감탄사조차 뱉지 못할 만큼 그는 넋을 잃었다.

당연히 그는 산하처럼 금방 정신을 차리지 못했다.

그래서 사마화정은 번개처럼 그의 정강이를 한 번 걷어차 주어야 했다. 발끝을 세워서 그 끝으로.

퍽!

"아흑!"

오른발 정강이를 부여잡은 이진추가 눈물을 찔끔거리며 껑충껑충 뛰었다.

"방정을 계속 떨면 산송장으로 만들어주마."

"……!"

사마화정의 차가운 한마디는 이진추의 모든 행동을 일시

에 정지시켰다.

사마화정이 물었다.

"아직도 아프냐?"

"저, 전혀… 아프지 않습니다."

"맷집이 있구나."

"하.하.하……. 제가 원래 버티는 데는 일가견이 있습니다."

"진짜?"

"그럼요!"

"시험해 보고 싶구나."

사마화정이 입맛을 다시는 것을 본 이진추의 얼굴은 사색이 되었다.

이진추는 산하에게 구원의 눈길을 던졌다.

웃음을 참고 있던 산하가 사마화정에게 말했다.

"대랑, 그만하세요. 그러다 이 소협의 심장이 마비되겠습니다."

"쳇. 재미있었는데."

투덜거린 사마화정이 종초희에게 말했다.

"잘 모시거라."

"염려 놓으세요, 사조."

종초희는 사마화정에게 웃으며 말하고는 산하의 옆에 나

란히 섰다. 그리고 눈 아래를 면사로 가렸다.

눈부시게 빛나던 태양이 갑자기 사라진 느낌이었다.

이진추는 입에서 터져 나오려는 탄식을 간신히 참았다.

방문턱에 걸터앉아 있던 진유아가 중얼거렸다.

"그림이 좋다고 해야 하는 건가? 산하가 좀 작았어야 하
는 거야, 초희가 좀 더 컸어야 하는 거야?"

고개를 갸웃거리는 그녀의 모습에 이진추의 얼굴이 일그
러졌다. 웃어야 할지 말아야 할지 감을 잡을 수가 없었기
때문이다.

진유아의 말처럼 산하는 종초희에 비해 커도 너무 컸다.

여인 중에서는 큰 키에 속하는 그녀임에도 머리끝이 산
하의 가슴에 간신히 닿을 정도였으니까.

더 이상 이 자리에 있으면 무슨 일이 벌어질지 걱정이 된
이진추는 산하와 종초희를 안내해서 몽향원을 떠났다.

어느새 진유아의 옆에 나란히 앉아 멀어지는 세 사람을
보고 있던 사마화정이 말했다.

"그래도 생각보다는 잘 어울리는 거 같지 않아, 언니?"

"첫날밤이 좀 걱정된다는 것 빼면 나도 네 생각과 같아."

사마화정은 자신만만한 얼굴로 진유아의 말을 받았다.

"초희가 누구에게 배웠는지 잊지 말아. 저 아이는 내 사
손이라고."

169

"암만 잘 배웠어도 실전은 다르잖아. 누구보다도 네가 더 잘 아는 거 아냐? 산하가 밤일에 밝은 사내라면 또 몰라도."

사마화정의 얼굴에 그늘이 졌다.

그녀는 한숨을 푹 내쉬었다.

"휴우. 그건 언니 말이 맞아. 주공은 너무… 쑥맥이지. 천하여인들에게는 너무나 불행한 일이게도 말이야……."

늙지 않는 두 여인의 대화는 도란도란 이어졌다.

第八章

鐵山
철산
대공
大公

우문세가는 가족들과 요인들의 거처가 있는 내원과 일반 무사와 잡일을 하는 사람들이 거주하는 외원, 그리고 내원 과 외원 사이를 경계 짓는 중간지역 등 세 구역으로 이루어져 있었다.

약속된 장송인 운향각은 중간지역에 자리 잡은 건물로 몽향원에서 삼백여 장 정도 떨어진 곳에 있었다.

"독특한 구조군요."

운향각까지 오는 길에 세가의 내부를 둘러볼 수 있었던 종초희의 말이었다.

산하도 고개를 끄덕였다.

내원과 외원의 분리야 규모가 큰 장원이라면 흔하게 채택하는 구조여서 이상할 건 없었다.

종초희가 특이하다고 한 건 중간지역 때문이었다.

중간지역은 폭이 오십여 장가량 되었고, 그 안에 일백 장 간격으로 건물이 한 채씩 있었으며 건물과 건물 사이는 거대한 연무장으로 이루어져 있었다. 건물은 총 다섯 채였고, 연무장의 숫자도 같았다.

산하는 남궁세가에 들렀을 때도 이렇게 크고 많은 연무장을 보지는 못했다.

"우문세가에 제자가 얼마나 많기에 저 정도 규모의 연무장이 다섯 개나 되는 거지?"

산하의 중얼거리는 듯한 말에 종초희의 입술이 달싹였다.

[오기 전에 알아본 바로는, 우문세가는 구조뿐만 아니라 다른 세가와 다른 점이 여럿이에요.]

이진추가 동행하고 있었기 때문에 그녀는 전음의 수법을 사용했다.

[어떤 점이 말이요?]

[우문세가의 총 인원은 알려진 바가 없어요. 숫자가 적지 않다는 것만 알 수 있었을 뿐이에요. 관리와 보안이 아주

철저하더군요.]

　[종 소저가 그렇게 말할 정도면 대충 짐작이 가는군요.]

　종초희의 눈빛이 부드러워졌다.

　칭찬은 고래도 춤추게 한다지 않던가.

　그녀의 목소리에 힘이 들어갔다.

　[우문세가는 허드렛일을 하는 사람조차도 외부에 거주하는 사람을 쓰지 않아요. 그리고 한번 고용하면 대를 이어 일하게 하고요. 죽는 것도 세가 내에서 죽더군요. 그래서인지 외부로 흘러나오는 정보가 거의 없었어요.]

　[흠…….]

　[하지만 정보가 전무하지는 않아요. 아무리 조심해도 사람이 하는 일인데 빈틈이 전혀 없을 수는 없는 일이죠.]

　[얻은 게 있소?]

　[예. 세가는 대부분의 식량을 자체 내에서 조달해요. 우리가 들어온 반대편에 있어서 공자님은 보지 못하셨지만 외원에 대규모의 전답과 목장이 있죠. 하지만 모든 식량을 자급하는 건 우문세가가 아니라 그보다 더 큰 규모의 세가나 문파도 불가능해요. 그중 대표적인 게 소금이죠. 그것은 외부에서 구하는 것 외에는 다른 방법이 없으니까요.]

　산하는 절로 고개를 끄덕였다.

　소금은 단순히 음식의 간을 맞추거나 절이는 데에만 쓰

이는 물건이 아니다. 사람은 주기적으로 일정한 양의 소금을 먹지 않으면 몸에 심각한 문제가 발생하게 된다.

[나라에서 파는 소금의 구매량과 밀염상을 통해 우문세가로 들어가는 것들을 조사해 봤어요. 정확하게 일치하지는 않겠지만 소금의 사용량으로 추정한 우문세가의 인원은 대략 칠천에서 구천 사이예요.]

[많군요.]

[예. 외부 출입이 잦은 인물들도 조사했는데 그들과 딸린 가족, 그리고 내부 일을 하기 위해 필요한 하인과 하녀들의 수를 제외해도 삼천에서 오천 명 이상이 남아요.]

[그 숫자가 무인이라는 거요?]

[그렇게 생각돼요.]

산하의 얼굴이 조금 굳어졌다.

남궁세가처럼 역사가 깊은 무림세가나 칠대문파와 같은 거대문파에서도 무공을 익힌 제자의 수는 삼백에서 오백가량에 불과하다.

제자의 수가 많다고 알려진 문파들도 실상은 일천을 넘지 못했다.

무인이란 일조일석에 키울 수 없는 존재인데다 나라에서는 세가의 무인들을 일종의 사병으로 간주하는 터라 숫자가 너무 많아지면 조정의 의심과 간섭을 피할 수 없기 때문이었다.

당금무림의 최대 거파라 할 수 있는 청천단심맹과 마천루의 무사는 각기 일만에서 일만 오천에 달한다. 그 때문에 그들의 일거수일투족은 황실의 감시를 받는다.

대규모의 무사를 이동시킬 때는 황실에서 파견 나온 자들과 협의를 해야 한다.

그들의 운신도 자유롭지만은 않은 것이다.

산하가 말했다.

[그 정도면 역모라도 꾸밀 만한 숫자로군요?]

[그래서 보안에 철저한 것이겠죠.]

[종 소저, 고생했소.]

종초희의 뺨이 발그레해졌다.

[무슨 말씀을. 제가 해야 할 일인 걸요.]

두 사람이 전음으로 대화를 나누는 사이 목적지인 운향각은 그들의 앞에 성큼 다가와 있었다.

운향각은 이층 전각이었다.

구조는 몽향원과 비슷했지만 기품은 많이 떨어졌다.

원형으로 된 출입문을 지나자 청석이 깔린 길과 넓은 정원, 그리고 길 너머에 있는 전각의 모습이 시야에 들어왔다.

정원에는 이십여 명의 남녀가 여러 개의 탁자 주변에 둘러 앉아 담소를 나누는 중이었고, 그들의 시중을 드는 하인과 하녀 십여 명이 바쁘게 주방을 오가며 부족한 음식을 나르느라 분주했다.

이진추와 산하, 종초희가 안에 들어서자 정원이 물방울 떨어지는 소리라도 들릴 것처럼 조용해졌다.

사람들은 두 번 놀랐다.

처음은 산하의 거대한 체구에 놀라고, 그다음은 운향각에 들어서기 전 면사를 벗은 종초희의 미모에 놀랐다.

"어! 오셨군."

인상적인 분위기를 가진 청년과 대화를 나누고 있던 팽무오가 밝은 얼굴로 다가와 산하와 종초희에게 인사했다.

그들이 인사를 나누고 있을 때 이십대 후반으로 보이는 수려한 풍모의 사내가 자리에서 일어나 산하에게 걸어왔다.

그는 정원에 있는 사람들의 대표 자격이 있는 듯 다른 사람들은 그에게 흥미롭다는 눈빛을 던질 뿐 아무런 간섭도 하지 않았다.

사내는 왼손에 삼척장검을 들고 있었는데 입고 있는 남색의 장포가 시원하게 뻗은 검미와 잘 어울렸다.

산하의 시선이 사내가 든 삼척장검의 손잡이에 닿았다.

그곳에는 고풍스러운 매화 문양이 양각되어 있었다.

걸음을 멈춘 사내가 산하와 종초희에게 포권했다.

"이 소협과 팽 소협에게 말씀은 많이 들었습니다. 화산의 온이정이라 합니다. 들어보신 적이 있을지 걱정이 됩니다만 강호에서는 화산일검화라는 별호로 불리고 있습니다."

종초희의 눈이 반짝였다.

겸양도 이 정도면 수준급이었다.

화산일검화 온이정이라면 호사가들이 후기지수들 중 쓸 만하다는 자들을 모아 일컫는 중원십팔수의 서열 팔 위에 거명되는, 청년층의 고수였다.

그의 실력은 강호의 중견고수들조차 맞서기 꺼려할 정도라 알려져 있었다. 그래서인지 벌써부터 그를 화산파의 차기 속가제일인으로 꼽는 사람들도 적지 않았다.

산하가 먼저 입을 열었다.

"감숙 강가장의 강산하라고 합니다. 저야말로 들어보신 적이 없을 겁니다."

강산하라는 이름은 사실 이곳에 오기 전에는 들어본 적이 없는, 그야말로 무명소졸이라 온이정은 담담하게 웃기만 했다.

산하에 대해 아는 게 하나도 없으니 할 말도 있을 턱이 없었다.

"열락궁의 종초희예요."

종초희는 달랐다.

온이정은 환한 얼굴로 말을 받았다.

"북봉황 종 소저의 미명(美名)은 귀가 따갑도록 들었습니다. 뵙게 되어 영광입니다."

종초희의 반응은 간단한 목례였다.

그 태도는 명백했다.

온이정과 말을 섞고 싶지 않다는 뜻.

온이정의 얼굴에 어색해하는 기색이 살처럼 스쳐 지나갔다.

그는 어디에서도 이런 대접을 받아본 적이 없었다.

상대가 여자일 경우는 말할 필요도 없었다.

비록 여색을 밝히는 편은 아니었지만 그를 박대하는 여자는 정말 흔치 않았다. 그만큼 그는 매력적인 사내였으니까.

이런저런 것을 모두 떠나 그의 신분을 생각하면 종초희의 태도는 명백한 결례였다. 하지만 그는 조금 당황했을 뿐 화가 나지는 않았다.

종초희의 사문인 열락궁은 무림 중에 기상천외한 개성을 가진 여인들의 집합소로 공인된 문파였다. 그리고 종초희와 같은 절세미녀들은 대부분 성격이 까칠했다.

주변에 무엇을 하든 다 받아주는 사내들이 지천으로 널려 있어서 저절로 성격이 그렇게 변하는 것이다.

화를 낼 이유도 필요도 없었다.

이진추는 조마조마한 심정으로 온이정이 하는 짓을 지켜보았다.

그는 평소 온이정의 당당하고 호쾌한 태도를 존중했지만 지금은 아니었다.

산하의 진정한 신분을 반쪽이나마 아는 그에게 있어 온이정이 지금 보여주고 있는 자신만만함은 그저 치기 정도로밖에 여겨지지 않았다.

산하가 겸손(?)하기에 망정이지 그가 오만한 사내였다면 우문세가에서 그를 평대로 대할 수 있는 자격을 갖춘 사람은 아무도 없었다.

강호의 관례상 화산의 삼대 속가제자인 온이정 정도의 신분으로는 지금처럼 산하의 지근거리까지 접근하는 것 자체가 불가능하리라.

온이정이 다음 말을 하기 위에 막 입을 열려 했을 때 이진추가 재빨리 말했다.

"강 공자님, 종 소저. 이곳으로 오시죠. 제가 다른 분들을 소개해 드리겠습니다."

온이정은 눈을 깜박였다.

이진추의 태도는 분명 그와 산하를 떼어놓으려는 것이었다. 스물셋부터 강호의 칼밥을 먹은 그였다. 이진추의 내심을 못 읽을 리 없었다.

'이 형이 왜 저러지?'

그가 이진추의 속내를 알 수 있을 리 만무한 일.

이진추와 팽무오는 산하와 종초희를 안쪽으로 이끌었다.

묵묵히 다가서는 산하를 지켜보던 청년 중 한 명이 입술을 깨무는가 싶더니 자리에서 일어났다. 그리고 산하를 향해 깊이 허리를 숙이며 포권했다.

숨길 수 없는 경외의 빛이 그의 얼굴에 떠올라 있었다.

"기억하시는지요? 남궁호가 강 공자님을 뵙습니다."

사람들의 눈에 놀람을 넘어 어리둥절한 기색이 떠올랐다.

창천일검 남궁호는 온이정과 더불어 청년층에서는 적수가 드물다는 검의 고수였다. 그런 사람이 강호상에서 이름을 들어본 적조차 없는 산하를 선배고인 대하듯 하고 있었다. 남궁호의 태도가 이해되면 그게 비정상이었다.

산하도 포권으로 남궁호의 인사를 받았다.

"기억하고말고요."

포권을 푼 산하의 시선이 한 곳을 향했다.

날이 잔뜩 선 눈길이어서 이곳에 발을 디딘 순간부터 저절로 관심이 가던 차였다.

그곳에는 세 명의 청년이 서 있었고, 산하는 그중 왼편 끝에 서 있는 청년과 구면이었다. 타오르는 주작의 문양이 화려하게 수놓인 은의무복을 입은 청년은 차가운 빛이 일 렁이는 눈으로 그를 보고 있었다.

은의청년, 공손무양이 자신을 향한 산하의 시선을 정면 으로 마주하며 입을 열었다.

"만나는 게 생각보다 쉽지 않았어."

산하는 싱긋 웃었다.

가지런한 흰 이가 드러났다.

그가 말했다.

"생각이 많아서 그랬겠지. 이것저것 따지지 않고 만나려 했다면 왜 어려웠겠나."

공손무양과 그 옆에 서 있던 두 청년의 안색이 차가워졌 다.

산하의 말은 옳았다.

그들은 산하가 감숙에 있을 때부터 그를 주목했고, 그의 행로를 지켜보았다.

산하를 만나고자 했다면 언제든 만날 수 있었던 것이다. 하지만 그들은 산하를 찾아오지 않았다.

감숙과 세외의 무림정세가 그들을 기다리게 했고, 대환

궁은 물론이고 공동파와도 복잡하게 얽히는 산하의 행로는 그들을 쉽게 움직이지 못하게 했다.

이진추와 팽무오, 남궁호의 눈에 놀람과 우려의 빛이 스쳐 지나갔다.

그러나 나서지는 못했다.

분위기가 허락하지 않는 것이다.

셋 중 가장 연장자로 보이는 청년이 산하를 향해 말했다.

"강 소협, 서로 좋은 감정이 있는 것도 아닌데 굳이 말을 오래 섞을 필요는 없을 듯하오. 나는 무양의 큰형, 공손무경이오."

그는 산하가 도착했을 때 팽무오와 대화를 나누던 사내였다.

산하가 미소가 짙어졌다.

그의 시선이 종초희를 향했다.

종초희는 강호 경험이 없… 다기보다 사실 별 관심이 없는 산하를 위해 틈이 날 때마다 당세무림의 중요인물과 문파들에 대해 이야기해 주었다.

공손무경은 그녀가 언급한 인물 중에 속해 있던 이름이었다.

"공손세가에 용 같은 아들이 있다는 말을 들은 적이 있소. 당신이 무인검 공손무경이로군."

이진추와 팽무오, 남궁호를 제외한 다른 남녀들, 돌아가는 상황을 지켜보던 그들의 눈에 의혹의 빛이 떠올랐다.

그들은 공손무양과 산하가 어떤 은원으로 얽혀 있는지 알지 못했다. 숭양보에서의 일은 철저하게 통제되어 강호상에 전혀 소문이 나지 않았기 때문이다.

그렇지만 산하를 대하는 공손무경의 말과 태도에서 그들의 인연이 은(恩)이 아닌 원(怨)에 가깝다는 걸 눈치채지 못할 만큼 어리석은 사람은 이 자리에 없었다.

하지만 곧 의혹은 흥미로 바뀌었다.

산하의 체구가 압도적이기는 했지만 무공이 일정 수준 이상에 도달한 사람들에게 상대의 체구는 위협이 될 수 없었다.

그들에게 산하는 듣도 보도 못한 잡놈에 가까웠다. 반대로 공손무양은 중원이 인정한 청년층의 거물이었다.

올해 스물아홉 살인 무인검 공손무양은 중원십팔수의 제삼좌를 차지하고 있는 발군의 청년고수였으니까.

중원십팔수가 후기지수들의 모임이라 하지만 상위 서열에 이름을 올린 자들의 무공은 거대문파의 장로들도 대적하기 쉽지 않을 만큼 고강하다고 알려져 있는 것이다.

그런 인물을 이름도 들어본 적이 없는, 변방 감숙 출신의 시골뜨기(?) 강산하가 아주 태평하게 대하고 있었다.

얼마나 태평한지 오히려 공손가의 삼수(三秀)라 불리는 삼형제가 긴장한 것처럼 보일 정도였다.

흥미진진할 수밖에.

공손무양이 말했다.

"공손가는 모욕을 잊지 않소. 우리 삼형제가 이번 성회에 참석한 주된 목적은 천하의 해악인 천사종을 척결하기 위한 것이지만 강 소협과 무양이 맺은 원을 푸는 것 또한 들어 있소."

산하는 어깨를 으쓱했다.

공손무경은 틀린 말을 하지 않았다.

공손가의 적자인 공손무양이 산하에게 패퇴당한 건 그냥 넘어갈 수 없는 일이었다. 무림의 생리상 그냥 넘어간다면 그건 공손가가 산하를 두려워한다는 것을 의미했다.

꺼리는 점이 아예 없는 건 아니었지만 그렇다고 무명의 산하를 두려워할 공손세가가 아니었다.

그리고 공손세가는 은원이 명확하고 자존심 높기로 유명했다.

산하가 언제 부딪쳐도 이상할 게 없는 사람들이 그들인 것이다.

공손무경이 말을 이었다.

"무양에게 사과하시오. 그럼 당시의 일을 불문에 붙이

겠소."

그가 할 수 있는 최대의 양보였다.

산하는 풀썩 웃었다.

"잘못한 게 있어야 사과를 하지 않겠소?"

"본 가의 행사에 개입한 것만으로도 그대는 잘못을 했
소."

"사리분별을 못할 사람이라고 생각하지 않았는데 내가
잘못 본 모양이로군."

공손무경의 안색이 얼음장처럼 차갑게 굳어졌다.

그가 말했다.

"스스로 벌주를 청하는 것을 보니 그대도 현명한 사람이
라고 하기는 어렵군."

말투가 변했다.

기분이 상한 것이다.

"내게 벌주를 줄 수 있는 분들이 아예 없는 건 아니지만
아쉽게도 공손세가는 그중에 포함되어 있지 않구려."

산하의 말투도 변했다.

오는 말이 곱지 않은데 가는 말이 고울 리 있겠는가.

공손무경의 입가에 싸늘한 미소가 떠올랐다.

"그 자신감이 언제까지 유지되는지 보고 싶군."

"얼마든지."

공손무경은 깊게 호흡을 했다.

목까지 차올랐던 흥분이 빠르게 가라앉았다.

다시 입을 열었을 때 그의 말투는 예의를 되찾고 있었다.

"나는 이 일에 본 가와 강 소협의 사문이 더 이상 얽히지 않기를 바라오."

"우리끼리 끝을 보자는 거요?"

"그렇소."

공손무경의 음성은 단호했다.

"그대에게 비무를 청하오."

산하의 큰 눈이 껌벅였다.

어느 정도 예상은 했지만 그래도 공손무경의 도발(?)은 뜻밖이었다.

숭양보에서의 일은 사람들에게 알려져서 공손세가에 득될 것이 없었다.

비무를 하게 되면 그 배경에 사람들의 관심이 쏠리는 건 필연이다. 관련자들의 입을 틀어막는다 해도 완벽한 정보 통제는 한계가 있다. 강호에는 호기심을 채울 수 있는 능력을 가진 자들이 적지 않으니까.

공손무경은 일이 커질 것을 알면서도 산하에게 비무를 제안하고 있는 것이다.

"좋소."

산하는 망설임없이 고개를 끄덕였다.

공손무경의 제안은 그도 원하는 것이었다.

어찌 되었든 공손세가와 맺은 매듭은 풀어야 했다.

"이 자리는 여러 사람이 친목을 도모하는 자리라 손을 나눌 만한 곳이 아니오. 강 소협이 강호의 신성들과 인연을 맺을 기회를 빼앗을 생각은 없소. 내일 날이 밝으면 만나는 것이 어떻겠소?"

공손무경이 산하를 대하는 태도는 날이 서 있었지만 사람들이 의아해할 만큼 시종일관 정중했고, 나름의 배려를 아끼지 않았다.

그건 산하가 소림사 출신일지도 모른다는 짐작 때문이었다. 하지만 다른 사람들이 공손무경의 속내를 알 턱이 없었다.

산하는 싱긋 웃었다.

마음에 드는 제안이었다.

모처럼 종초희에게 또래와 함께 있을 수 있는 시간을 주기 위해 온 곳이었다.

그는 여기서 공손가의 아들들과 비무를 빙자한 생사결을 벌일 마음이 조금도 없었다. 결과야 생각할 필요도 없는 것이지만 드잡이질이 끝나면 분위기는 파장으로 흐를 터. 그에겐 공손삼수보다 종초희가 만 배는 더 중요했다.

그가 시원스럽게 말했다.

"그럽시다. 시간과 장소를 정하시오."

생각해 둔 바가 있는 듯 공손무경의 대답은 지체없이 나왔다.

"시간은 내일 아침 사시 초(아침 9시경). 장소는 제2연무장."

"알겠소."

"그때 봅시다."

공손무경은 공손무진과 무양, 두 아우를 데리고 떠났다.

장내는 산하와 종초희, 그리고 두 사람의 곁을 떠나지 않는 이진추와 팽무오, 남궁호를 호기심 어린 눈으로 보는 사람들만 남았다.

이진추와 팽무오의 입에서 꺼질 듯한 한숨이 흘러나왔다.

"에효……."

"으휴……."

이진추가 산하에게 물었다.

"강 소협, 공손세가와 무슨 일이 있었는지 물어봐도 되겠습니까?"

산하는 눈을 껌벅였다.

굳이 숨길 일은 아니었지만 그는 자신의 얼굴에 금칠하

는 취미는 없었다.

"일 년쯤 전에 호북성에서 공손무양과 싸운 적이 있습니다."

이진추는 고개를 끄덕이며 입을 다물었다.

이유가 궁금했지만 산하는 말해줄 기색이 아니었던 것이다. 그리고 싸움의 결과야 물어볼 필요도 없는 일이었고.

뭔가 망설이는 기색이던 팽무오가 산하에게 말했다.

"부탁을… 드려도 되겠습니까?"

"말씀하십시오."

"손에 인정을 남겨두셨으면 합니다."

듣고 있던 사람들은 멍해졌다.

그들은 자신들이 말을 잘못 들은 게 아닌가 싶었다.

누가 누구를 봐준단 말인가.

하지만 대화를 나누는 산하나 팽무오나 그들의 기색에 관심이 없었다.

산하야 당연했고, 팽무오는 그답지 않게 절박한 심정인 듯 남의 시선 따위에 신경을 쓸 여력이 없어 보였다.

산하가 팽무오에게 물었다.

"이유가 있습니까?"

팽무오는 입을 벙긋거리다가 결국 말을 못하고 고개를 푹 숙였다.

난감한 기색의 이진추가 대신 대답했다.

"팽 형의 손아래 누이와 공손무경 공자 사이에 혼담이 오가는 중입니다. 두 사람이 서로를 좋아한 세월이 근 오 년 가까이 되었고, 나이가 찬 터라 올해 안에 혼인을 시키기로 양가의 어른들이 합의했죠. 길일을 택하는 것만 남은 상태입니다."

생각지도 못한 일이라 산하는 혀를 찼다.

어차피 공손무경을 죽이거나 폐인을 만들 생각은 없었다. 하지만 자존심 강한 무인에게 패배는 평생 씻을 수 없는 상처를 준다.

무림에 몸담은 이상 패배와 죽음은 언제나 각오하고 있어야 한다. 그렇다고 그것이 받아들이기 쉬운 일이 될 수는 없는 것이다.

산하가 말했다.

"팽 형, 너무 걱정하지 않아도 될 것이오."

팽무오가 포권하며 고개를 숙였다.

"고맙소, 강 소협."

그들의 대화를 듣고 있던 사람들 중 한 명이 자리에서 일어나 산하를 향해 걸어왔다.

사람이 다가오는 기척에 산하는 고개를 돌렸다.

산하와 눈이 마주친 사람은 여인이었다. 그것도 종초희

에 비해 크게 뒤지지 않는 절세적인 미모의.

종초희가 여성스럽고 우아한 분위기라면 여인은 절벽위에 핀 꽃처럼 고고하면서도 오만한 분위기였다. 하지만 여인의 미모가 워낙 독보적이라 오만한 느낌마저 그녀에게는 잘 어울려 보였다.

그녀는 산하를 똑바로 올려다보며 말했다.

"재미있는 분이시네요."

여인의 음성을 들은 종초희의 눈썹이 가늘게 떨렸다.

그녀의 눈빛이 차가워지고 있었다.

산하가 말을 받았다.

"흠, 평소에 내가 잘 듣지 못하던 평가로군. 고맙다고 해야 하는 거요?"

"무인검 공손무경을 손안의 물건처럼 얘기하는 사람은 처음 보았어요. 그대에게 그만한 능력이 있을까요?"

여인의 목소리에서는 은근한 적의가 느껴졌다.

여인은 자신의 신분을 밝히지도 않았다.

산하는 내심 고개를 갸웃했다.

초면의 아름다운 여인에게 무엇을 잘못했는지 아무리 생각해 봐도 떠오르는 것이 없었던 것이다.

산하는 종초희의 어깨에 손을 얹었다.

그녀가 한 걸음 앞으로 나서려 했던 것이다.

고개를 돌려 자신을 보는 종초희를 향해 산하는 싱긋 웃어 보였다. 그리고 낯선 여인을 향해 말했다.

"그거야 내일이 되면 싫어도 알게 되지 않겠소."

"우문에 현답이네요. 꼭 볼게요."

"그러시구려."

여인은 산하 일행에게 가볍게 묵례를 한 후 자리를 떴다.

여인이 떠나자 다른 사람들도 분분히 자리에서 일어나 산하 일행, 주로 이진추와 팽무오, 남궁호, 종초희에게 눈인사를 하거나 가벼운 목례를 한 후 자리를 떴다.

산하는 눈을 껌벅였다.

갑자기 썰렁해진 분위기를 또래와 어울려 본 경험이 전무한 그가 이해하는 건 무리였다. 별로 이해하고 싶은 마음도 없었지만.

그는 시무룩한 얼굴이 되어 종초희에게 말했다.

"종 소저, 미안하오. 좋은 시간을 보낼 수 있게 해주고 싶었는데 아무래도 나 때문에 망친 것 같소."

떠나가는 사람들을 보며 얼굴이 굳어 있던 종초희의 안색이 부드럽게 풀렸다.

그녀는 고개를 저으며 말했다.

"공자님께는 아무런 잘못이 없어요. 저들이 너무 철이 없을 뿐이죠."

"철이 덜 들었다니 그게 무슨 말이오?"

뜬금없이 이진추와 팽무오, 남궁호의 뺨이 붉어졌다.

그들의 모습을 본 산하의 미간에 주름이 잡혔다.

자신만 알아듣지 못했을 뿐 이진추 등이 종초희의 말을 알아들었다는 걸 깨달은 것이다.

"거 참……. 내 머리가 좀 둔하긴 해도 나쁜 편은 아닌데 소저의 말은 통 알아듣지를 못하겠소. 풀어서 얘기해 주지 않겠소?"

종초희는 난감해하며 산하의 눈길을 살짝 비켰다.

그녀는 산하와 함께 있으면서 그가 어떤 성장과정을 거쳤는지 직접 눈으로 보았다.

그의 주변에 있는 사람들은 하나같이 그를 아끼고 사랑했으며 깊은 정을 주었다. 그가 신승과 함께한 수련의 시간은 지옥과도 같았지만 그것은 사랑의 다른 표현이었다.

산하의 심성이 올곧고 정이 많은 건 천성에 기반하고 있는 게 맞았다. 그러나 그들로부터 큰 영향을 받았음도 부정할 수 없었다.

더구나 신승과 마조를 비롯해 현재 그의 옆에 있는 사마화정 등에 이르기까지 그에게 진정을 준 사람들 대부분은 살아서 무림의 전설이 되다시피 한 사람들이었다.

그런 거인들의 아낌을 한 몸에 받으며 살아온 산하가 어찌 또래의 비틀린 심성을 이해할 수 있을 것인가.

산하의 껌벅이는 큰 눈을 다시 한 번 올려다 본 종초희가
내심 탄식하며 입을 열었다.

"제가 하는 얘기에 너무 기분나빠하지 않으신다고 약속
해 주신다면 말씀드릴게요."

"약속하겠소."

"저들은 공자님을 알지 못하는 사람들이에요. 지금 그들
에게 공자님은 무림의 변방인 감숙의 시골에서 올라온 무
림초출의 무명인일 뿐이죠. 공손가와 이공자 등이 공자님
을 대하는 태도가 정중하기에 내색은 하지 않지만 저들은
공자님이 자신들과 어울리는 것을 내켜하지 않아요. 무림
의 전통있는 문파 후예인 자신들과 격이 맞지 않는다고 느
끼는 거지요."

산하의 입가에 쓴웃음이 떠올랐다.

어차피 내친김이었다.

종초희가 말을 이었다.

"그리고 저들은 공손세가와 어떤 식으로든 관련이 있어
요. 거래 관계든 인맥이든 어느 쪽으로든요. 저들을 휘하에
두고 있는 단심맹과는 두말할 것도 없고요. 당연히 내일의
비무에서 공손무경이 이기길 바라죠. 이름 높은 무가의 장
자가 변방의 무명인에게 패할 거라고 생각도 하지 않겠지

만 또 원하지도 않죠. 그들은⋯ 무명의 공자님이 주목받는 걸 원치 않는 거랍니다."

"재미있군요. 흐흐흐."

산하는 피식 웃고 말았다.

중원십팔수는 십대 후반에서 삼십대 초반의 남녀 무인들이었다. 그는 젊은 그들의 사고방식이 그처럼 이기적이라는 게 이해가 가지 않았다.

종초희가 들릴 듯 말 듯한 한숨과 함께 말했다.

"그들은 저렇게 생각하고 행동할 수밖에 없어요. 그렇게 만드는 환경 속에서 자랐으니까요. 공자님이 저들을 이해할 필요는 없지만 기분 상하지 않으셨으면 좋겠어요."

종초희가 정말로 걱정하는 건 산하가 마음 상할까 하는 점이었다. 그녀에게 중원십팔수 따위는 어떻게 되어도 상관없었다. 그녀 또한 나이에 걸맞지 않는 경지에 접어든 상태였다. 또래의 후기지수들이 눈에 들어올 턱이 없었다.

"마음 상할 일이 있겠소. 잠시 어리둥절했을 뿐이오."

이진추가 정중하게 고개를 숙였다.

"강 공자님, 제가 저들을 대신해 사과드리겠습니다. 종 소저의 말처럼 나쁜 친구들은 아닙니다. 단지 선민의식이 강할 뿐입니다. 이렇게 될 줄 모르고 공자님과 종 소저를 초대한 제 불찰입니다. 죄송합니다."

산하는 싱긋 웃었다.

"신경 쓰지 마십시오. 이미 잊었습니다."

종초희의 얼굴이 밝아졌다.

산하는 입에 발린 말은 하지 않는 사람이니까.

산하는 종초희와 함께 이진추와 팽무오에게 인사를 한 후 운향각을 떠났다.

둘만 남게 되자 이진추가 팽무오에게 말했다.

"공손무경이 경솔했다. 그들은 강 공자를 감당할 수 없어."

굳은 안색의 팽무오가 말을 받았다.

"안다. 불가능하지……."

"저들이 충돌했었다는 걸 몰랐냐?"

"알았다면 네가 강 공자를 초대하러 가는 걸 내가 가만두었겠어?"

"에효……."

이진추는 나오는 한숨을 참지 못했다.

그가 물었다.

"그분들이 강 공자에 대해 아무리 함구하라는 말씀을 하셨다 하더라도 무인검에게는 그가 어떤 사람인지 말해줘야 하지 않을까?"

팽무오의 안색이 무거워졌다.

"나중에 마후 노선배와 천 노선배님께 치도곤을 당하는 한이 있더라도 말해줘야겠지……. 그래야 마음의 준비라도 할 수 있을 테니까. 무인검은 아직 또래와 싸워 패배를 경험해 본 적이 없는 사람이야. 충격이 작지 않을 거야."

두 사람은 입을 굳게 다물었다.

그들은 산하가 녹림살왕과 흑백쌍효를 어떻게 패퇴시키는지 코앞에서 본 사람들이었다. 그리고 그 후에 일어났던 산하의 변화…….

더 할 말이 있을 리 없는 것이다.

춥지 않은 날씨임에도 그들의 전신에 일어난 소름은 가라앉을 줄을 몰랐다.

第九章

鐵山
철삼
대공
大公

운향각에서 있었던 작은 소란은 오시가 지나기도 전에 모르는 사람이 없을 정도가 되었다.

이곳에 모인 사람들의 태반은 무림인이다. 그들은 싸움이 있는 곳이라면 밥 먹다가도 벌떡 일어나 달려가는 사람들이었다.

내일 아침에 비무가 예정되었고, 게다가 그중 한 명은 강호의 떠오르는 신성이자 공손세가의 차기가주 무인검 공손무경이라고 하지 않는가.

그것으로 충분했다.

공손무경의 상대에 대한 관심도 증폭되었지만 사람들이 알아낸 것은 그가 감숙성 출신의 강산하라는 젊은 무인이라는 것 정도에 불과했다.

강산하가 누군지 모르는 사람들은 고개를 갸웃했을 뿐이었다. 그러나 그의 정체를 아는 사람들은 생각이 많아졌다.

우문세가의 하루가 그렇게 지나가고 있었다.

천사종주의 입가에 미소가 떠올랐다.

"좋구나."

그의 미소를 본 수하들의 얼굴은 속으로 안도의 한숨을 내쉬었다.

"좌령."

"예, 지존."

눈빛이 깊고 음산한 빛을 뿌리는 흑포노인이 이마를 바닥에 대며 복명했다.

"나는 대환궁의 방우곤이 먼저 강산하에게 손을 쓰지 않을까 생각했었다. 궁주 자리를 놓고 암투를 벌이긴 했어도 강산하가 폐인으로 만든 방욱량은 그의 동생이니까. 하지만 그가 아닌 공손가의 적자가 먼저 움직인 셈이 되었다. 대환궁의 방우곤과 단심맹의 구양숙은 어떻게 움직일까?"

좌령이 대답했다.

"양쪽 다 상대가 강산하와 얽혀 있다는 것을 아는 상태입니다. 그런 상태에서 공손무경이 먼저 움직인 것은 그가 자존심이 강한 자이기 때문입니다. 그는 부러질지언정 꺾이지는 않을 자이지요. 반면 방우곤은 시세에 따라 허리를 굽힐 줄도 아는 냉철한 성격입니다. 이번 사건은 공손무경보다 방우곤의 인내심이 더 강하다는 것을 말해줍니다. 그는 내일 비무의 결과에 따라 행동을 선택할 것입니다. 아직은 양쪽 모두 강산하의 주변에 겁천마후와 구주독행개, 폭마군이 머물고 있다는 것을 알지 못합니다. 알고 있었다면 공손무경이 아무리 자존심이 강해도 저런 식으로 나오지는 못했을 겁니다."

"방우곤은 추후 경과를 보며 움직일 거라 이건가?"

"그렇습니다."

"구양숙은?"

"낙일참도객 구양숙은 방우곤과 다릅니다."

"뭐가 말인가?"

"그는 마후 등이 강산하의 일행이라는 것을 알고 있습니다. 한 명이라면 어떻게 감당을 할 수 있을지 모르나 그가 세 사람을 감당하는 건 불가능합니다. 신검 사마군이라 해도 가능한 일이 아니지요. 그도 결국 경과를 지켜볼 수밖에 없습니다. 그리고 현재 구양숙이 침묵하는 데는 다른 이유가 있다고 생각합니다."

"다른 이유가 있다고?"

천사종주의 눈에 흥미롭다는 기색이 떠올랐다.

"예, 지존."

대답하는 좌령의 음성은 단호했다.

천사종주는 자신의 생각에 확신을 가진 자가 아니라면 저런 목소리를 내지 못한다는 걸 알고 있었다.

그가 물었다.

"다른 이유라……. 그게 뭔가?"

"마후 등이 강산하의 옆에 머무는 것을 알면서도 공손세가의 행동을 지켜본다는 건 공손무경이 패하고 세가가 망신당하는 걸 원하지 않는다면 있을 수 없는 일입니다. 그리고 이처럼 많은 무림인이 모인 곳에서 망신을 당한다면 공손세가의 권위는 실추될 수밖에 없습니다."

천사종주의 눈이 빛났다.

"거느린 수하가 망신당하기를 바란다? 구양숙은 그렇게 머리를 쓰는 자가 아닌데?"

"그렇습니다. 구양숙은 단심맹의 부맹주로 그 권한의 폭이 대단히 넓고 크지만 맹의 사대기둥 중 하나인 공손세가가 위험해질 수도 있는 사안을 팔짱끼고 바라볼 수 있을 정도의 권한을 갖고 있지는 않습니다. 그럴 성격도 아니고요."

"사마군의 뜻이라는 거로군."

"그렇습니다."

"그가 왜?"

"평화의 시기가 너무 길었습니다. 단심사문(丹心四門)이라 불리는 네 문파의 힘은 현재 정점에 달해 있습니다. 어떤 식으로든 그들의 기세를 꺾어놓을 필요를 느낀 것이 아닌가… 저는 그렇게 추측하고 있습니다."

천사종주는 태사의에 등을 파묻었다.

그의 눈이 가늘어지며 차가운 섬광이 번뜩였다.

"후후후후후."

등골을 서늘하게 만드는 낮은 웃음소리가 그의 입술 사이로 흘러나왔다.

"역시 사마군. 거인이라 불릴 만한 자다."

영문을 알 수 없는 칭찬이다.

좌령을 비롯해 부복하고 있던 십여 명의 흑의인의 마음에 의혹이 차올랐다. 천사종주는 대놓고 남을 칭찬하는 사람이 아니었으니까.

천사종주가 말했다.

"좌령."

"예, 지존."

"단심맹의 움직임에 좀 더 신경을 쓰도록. 네 말대로 평화의 시기가 너무 길긴 했지. 아무래도 사마군이 본격적으로 기지개를 켜려고 하는 듯하다."

"예?"

자신도 모르게 반문한 좌령은 흠칫하며 고개를 숙였다.

다른 때였다면 천사종주의 살기 어린 시선이 그에게 쏟아졌을 테지만 이번은 그렇지 않았다. 천사종주의 깊은 생각에 잠긴 듯한 눈빛은 변하지 않았다.

그가 중얼거리듯 말했다.

"이번 비무는 이미 승부가 정해져 있다. 강산하가 진재실력을 보인다면 공손무경은 그의 손 아래 일초반식을 버티지 못한다. 훗, 하룻강아지 범 무서운 줄 모르는 놈. 우내십오강의 셋을 단신으로 패사시킨 자에게 비무를 청하다니."

비웃음이 가득한 음성.

하지만 그 일은 아직 그를 비롯한 몇 명만이 아는 사실일 뿐이다.

그가 좌령에게 물었다.

"차기 가주로 내정되어 있는 적장자가 감숙 변방 출신의 무명지배에게 처참하게 패한다면 공손세가는 어떻게 나올까."

좌령이 답했다.

"그들은 단심맹 내에서도 가장 자존심이 강한 자들이 모여 있는 곳입니다. 공손무경이 강산하와 단둘이 사안을 끝내자고 제안했다고 하지만 일이 그의 생각처럼 풀릴 가능성은 희박합니다. 공손무경은 세가의 차기 가주니까요. 공손세가는 강산하와 끝을 보려 할 것입니다."

"그렇겠지. 세가에서 강자들이 쏟아져 나와 강산하를 핍박한다면 마후 등은 가만있지 않을 것이다. 그리고 공손세가의 힘 전부를 투입해도 그들을 어찌할 수는 없다. 그동안 보여준 강산하의 성향상 많은 피가 흐르지는 않을 테지만 공손세가의 패배는 기정사실이나 다름없다."

"하좌도 그렇게… 생각합니다."

맞장구를 치던 좌령의 안색이 변했다.

말을 끝내지 않았지만 그는 천사종주의 생각을 읽을 수 있었다.

천사종주의 휘하에 들기 전 그는 마도제일지자 소리를 들을 만큼 뛰어난 두뇌를 자랑하던 자였다.

천사종주가 말을 이었다.

"그들을 징치하려면 사마군이 단심맹의 정예를 이끌고 직접 나서야 한다. 하지만 강산하 자체는 사마군이 나설 수 있는 명분이 될 수 없다. 그는 세력을 대표하는 자가 아니니까. 사마군이 나서서 강산하에게 손을 쓴다면 사마군의 명성은 땅에 떨어질 것이다. 하지만 강산하의 지인 중 한 명이 공손세가 문제에 적극적으로 개입하기만 한다면 사마군은 나설 수 있다."

좌령이 신음처럼 중얼거렸다.

"혁무산……."

천사종주는 고개를 끄덕였다.

"그렇다. 혁무산은 마천루 사태상 중의 한 명. 그가 강산하를 감싼다면 단심맹은 마천루를 향해 검을 들 수 있는 명분을 얻을 수 있지."

"혁무산이 단심맹을 자극할 수 있다는 것을 알면서도 강산하를 감싸려 할까요?"

"그럴 수밖에 없다. 강산하의 신상에 문제가 생기려 한다면 혁무산은 목숨을 걸고서라도 그를 보호할 것이다."

확신조차 뛰어넘은 말투다.

"아!"

좌령을 비롯한 흑의인들은 탄성을 토해냈다.

그들은 산하가 천살광마혼주라는 것을 알지 못했다. 아니, 천살광마혼이 무엇인지도 알지 못했다. 하지만 그들은 천사종주는 잘 알았다.

그는 돌다리도 백 번은 두드리고서야 일 보 앞으로 전진하는 성격이었다.

불확실한 것이라면 입에 올릴 사람이 아닌 것이다.

천사종주의 확신 어린 음성이 대전을 울렸다.

"공손무경이 패한다면 어떤 형태로든 공손세가에서 나서기 전에 구양숙이 개입할 것이다. 하지만 구양숙 또한 미끼일 뿐이다. 혁무산을 끌어내기 위한. 구양숙마저 흉한 꼴을 보게 되면… 단심맹은 적극적으로 나설 수 있게 된다. 그도 신승과 마조가 이 세상 사람이 아니라고 판단하고 있는 듯하군. 그렇지 않다면 이런 식으로 일을 전개하려 하지 않았겠지. 그도 아니라면 신승과 마조가 두렵지 않거나……. 아무튼 작은 사안을 묵히고 묵혀 천하를 석권하기 위한 포석으로 써먹으려 하다니. 사마군… 신검이 아니라 신뇌(神腦)라 불러야 할 자가 아닌가."

내용은 칭찬이다.

하지만 그의 눈가에 어린 건 분명한 비웃음이었다.

그는 시선을 자신의 오른 손바닥으로 내렸다.

그의 손에는 흑적색의 작은 구슬 하나가 쥐어져 있었다.

"그때 내가 본 것은 분명 광혈마안이었다. 하지만 다시 나타난 그자는 광혈마안에서 벗어나 있었다. 강산하, 너는 내가 본 것이 착각이 아니라는 것을 이번 기회에 증명해야만 한다. 그것이 증명되기만 한다면…….

손아귀에 힘을 넣어 구슬을 움켜쥔 그의 중얼거림이 이

어졌다.

"후후후후후. 그래, 그렇게 난장을 깔아라. 사마군, 내가 너의 꿈을 더 크게 키울 수 있도록 도와주마. 하지만, 그 모든 건 본 종을 위한 일이 되리라……."

흑의인들은 이마를 바닥에 댔다.

"지존 천세 천천세!"

대전의 음습한 공기가 조금씩 달아올랐다.

*　　*　　*

천공후가 고개를 갸웃거리며 말했다.

"이건 좀 이상한걸. 네 얘기를 들어보면 공손무경이란 아해가 산하를 기다리고 있었던 것 같은데……. 누군가 그들에게 우리가 이곳에 온다는 정보를 주지 않고서야 어떻게 그놈이 산하를 기다릴 수 있단 말이냐"

"듣고 보니 그러네."

의문을 제기하는 적이 드문 사마화정까지 고개를 갸웃하자 방 안에 있던 사람들은 모두 이맛살을 잔뜩 찌푸렸다.

재미없다는 얼굴로 침상 모서리에 앉아 있던 진유아가 하품을 하며 입을 열었다.

"뭐가 이상하다는 거야? 우리 일행 면면을 봐. 뒤를 쫓으

려고 작정한 사람 눈을 피하는 게 가능할 것 같아? 산하하
고 운 대협이 있는 한 우리는 숨지도 못해."

산하와 운천기를 돌아본 사람들은 일제히 고개를 끄덕였
다.

숨는 게 가당키나 한 몸집들인가 말이다.

운천기의 안면근육이 부들부들 떨렸지만 모른 척 고개를
돌린 진유아는 말을 이었다.

"그걸 떠나서 천사종 놈들이 그들에게 우리의 행로를 흘
리는 정도는 정말 쉬운 일이잖아."

천공후가 과장된 몸짓으로 크게 박수를 쳤다.

짝짝짝!

"역시 진 대저는 항상 옳은 말씀만 하시오. 나도 그렇게
생각하외다."

획!

바람 소리가 나도록 고개를 돌린 사마화정이 천공후를
노려보았다.

살을 파고들지 않을까 하는 생각이 절로 들만큼 매서운
눈빛이었다.

"아, 뭐, 그게… 저기……."

슬며시 박수치던 손을 내린 천공후가 상의를 뒤적거리며
있지도 않는 벼룩을 찾는 척했다.

운천기가 걱정스럽다는 얼굴로 산하를 보며 말했다.

"너무 심하게 손을 쓰지는 말아라."

"예, 저도 그럴 생각이었습니다. 염려하지 마십시오."

산하의 대답이 다 끝나기도 전에 혁무산이 치켜 뜬 눈으로 운천기를 일별한 후 끼어들었다.

"저놈의 말은 귀담아 듣지 않는 게 좋겠다. 하늘 높은 줄 모르는 애송이는 제대로 메다꽂아 줘야 정신을 차린다. 세상 무서운 줄 알게 해줘야 해."

사마화정이 맞장구쳤다.

"혁가의 말에 저도 찬성이에요. 죽이지만 않으시면 돼요, 주공."

방 안이 산하에게 이것저것 주문하는 사람들의 고성으로 시장바닥처럼 시끄러워졌다.

웅크리고 앉아 있어 동산처럼 부풀어 있던 산하의 어깨가 아래로 푹 꺼졌다.

이들과 함께라면 그것이 무엇에 대한 것이든 진지한 논의는 거의 불가능에 가까웠다. 그래도 다행인 것은 이들 중에 적어도 한 명은 그와 대화가 통한다는 것이었다.

산하의 시선이 그 한 명, 종초희를 향했다.

종초희가 입을 열었다.

"저도 어르신들의 생각과 같아요. 공손세가는 저희가 이곳에 오는 걸 알고 있었어요. 이곳에 오면서 공손세가에서 운영하는 정보조직, 운첩당의 세작들이 우리 일행의 주변에서 활발하게 움직이고 있다는 보고도 받았고요."

사마화정이 눈을 크게 떴다.

"그랬어? 왜 말 안 했니?"

종초희는 생긋 웃었다.

"염려하실 만한 자들이 아니어서 그랬어요, 사조님. 용서하세요."

"쯧……."

사마화정이 아쉬운 듯 입맛을 다셨다.

사람들은 종초희에게 잘했다는 눈짓을 던졌다.

그들도 알고 있는 것이다.

종초희가 사마화정에게 운첩당의 존재를 말했다면 운첩당은 그날로 씨가 말랐을 것이고, 상황은 걷잡을 수 없이 악화되었을 것이라는 걸.

종초희가 말을 이었다.

"천사종이 우리의 행로를 공손세가에 흘렸을 수도 있고, 그렇지 않을 수도 있어요. 하지만 어차피 저희가 운첩당의 눈을 피하지는 못했을 거예요. 그들은 무능력하지 않으니까요. 제가 의아하게 생각하는 건 그게 아니에요."

사마화정이 기특하다는 눈으로 종초희를 보았다.

겉으로 보기에 비슷한 나이로 보이지만 그녀는 누가 뭐래도 종초희의 사조였다.

그녀가 물었다.

"의아해? 뭐가?"

"천사종이 숭양보의 일을 알고 있고, 그들의 손길이 이곳에 닿아 있다는 전제하에서 말씀드리는 거예요. 공손무경이 지존과 충돌할 거라는 건 그들도 알고 있었을 거예요. 시기와 장소가 문제일 뿐 정해진 일이나 마찬가지죠. 저는 그들이 왜 이런 상황을 방치하고 있는지가 이상해요."

혁무산이 어리둥절한 얼굴로 물었다.

"그게 이상한 일이냐? 나는 전혀 이상하지 않은데? 마음속에 쌓인 게 있으면 어디서나 드잡이질로 푸는 게 무림인이라는 족속이지 않느냐."

"다른 곳이라면 이상하지 않지요, 혁 어르신. 하지만 이곳은 천사종을 척결하기 위한 무림성회가 열리는 곳이에요. 그래서 전 무림의 관심이 집중되어 있어요. 그런 곳에서 지존이 공손무경을 패배시킨다면 지존의 이름은 단숨에 전 무림에 알려질 거예요. 게다가 지존께서 대선사님의 전인이라는 사실을 아는 사람이 하나둘씩 늘어가고 있는 상황이라 시기의 문제일 뿐 지존의 사승도 알려질 수밖에 없고요. 후자는… 저희를 비롯한 삼파가 최대한 정보를 통제

216

하고 있는 상황이라 어느 정도 시간이 걸릴 것이고, 지존께서 천사종과 얽힌 문제를 빨리 마무리 짓고 소원이신 평범한 일상으로 돌아가신다면 알려지지 않을 수도 있는 것이지만, 전자는 내일 아침 당장 실현될 일이죠."

사람들은 고개를 끄덕였다.

공손무경은 산하를 상대로 싸움을 걸었다.

산하를 알지 못하는 방 밖의 사람들은 종초희의 의견에 동의하지 않겠지만 이곳에 있는 사람들에게는 당연히 그렇게 될 수밖에 없는 미래였다.

천공후가 중얼거렸다.

"곽기광이 약속을 착실하게 지키고 있는 걸 보면 우문세가는 세인의 주목이 산하에게 쏠리는 걸 원하지 않는 거 같아. 그러니까 그쪽에서 산하의 신분이 새어 나갈 염려는 하지 않아도 좋을 거 같고…… 나머지 이진추와 팽무오, 나한들의 입을 틀어막아야겠군."

"어렵지 않을까? 소림이야 산하의 말을 거역하지 못할 것이고, 백검산장도 같은 단심맹에 속해 있다고는 해도 챙겨야 될 정도로 공손세가와 사이가 좋은 건 아니니 이진추의 입을 막는 건 어렵지 않겠지만 팽가는 입장이 달라. 팽가와 공손가는 사돈이 될 사이라잖아."

혁무산이다.

천공후가 코웃음을 쳤다.

"흥, 팽가에 벼락이 떨어질 판인데 사돈이 문제겠냐. 산하가 공손무경을 잡아 죽일 것도 아니고."

"그건 그렇지. 같이 가자."

혁무산이 엉덩이를 들썩이자 천공후가 손을 저었다.

"초희 말 좀 더 들어보고."

혁무산의 엉덩이가 들썩임을 멈췄다.

그도 종초희가 무슨 이야기를 할지 궁금하던 차였다.

"알았다."

천공후와 혁무산의 대화는 짧았다.

종초희가 웃으며 둘에게 말했다.

"팽가 분들을 너무 겁주지는 마세요."

"팽가 놈들은 덩치만큼 간이 커서 쉽게 겁먹지 않는다. 그래도 입조심은 할 거다."

"예. 어르신."

단아하게 말을 받은 종초희가 사람들을 돌아보며 말을 이었다.

"무림은 알지 못하지만 천사종은 지존이 얼마나 강한 분인지 잘 알고 있어요. 낙종언 등과의 일전과 카라마의 패사, 그리고 황산에서의 사건을 직접 겪은 자가 그것을 모른다면 말이 되지 않지요. 지존의 명성이 높아져서 천사종이 얻을 이득이 무엇이 있을까요? 그가 얻으려는 것이 지존께서 갖고 있는 암혼혈경이라면 지존이 사람들의 관심을 많이 받는 건 그자에게 전혀 도움이 되지 않아요. 왜 도움이 되지 않는 짓을 방치하고 있을까요? 저는 그게 마음에 걸려요."

종초희의 말에 곰곰이 생각에 잠겨 있던 진유아가 불쑥 입을 열었다.

"어긋나 있어서가 아닐까?"

종초희가 질문을 받았다.

"어긋나다니요?"

진유아가 산하와 한 번 눈을 맞춘 뒤 말했다.

"천사종과 우리가 서로에 대해 아는 것이 별로 없는 상황이잖아. 우리는 천사종이 산하를 쫓아다니는 게 암혼혈경때문이라고 생각하고 있어. 그런데 과연 그뿐일까? 그리고 천사종은 산하가 신승의 전인이라는 걸 알지 못하지."

그녀의 이마에 내천자가 그어졌다.

말을 하면서 확신할 수 없는 것들이 생각난 때문이었다.

그녀의 입술이 달싹였다.

[그가 네가 천살광마혼주라는 것을 알까?]

[알 수 없는 일이죠.]

[알고 있을 가능성이 있어.]

[어떻게요?]

[혁무산.]

진유아와 산하의 시선이 동시에 혁무산을 향했다.

두 사람이 전음으로 대화를 나누고 있다는 걸 모르는 사람은 장내에 없었다.

둘이서만 얘길 하며 자신을 힐끔거리니 기분이 좋을 리 만무한 일, 혁무산은 인상을 와락 썼다.

뜨끔한 진유아와 산하가 급하게 시선을 돌렸다.

산하가 물었다.

[그자가 제 뒤를 조사했다면 혁 어르신은 대랑 때문에 제 일행이 되었다고 알고 있지 않을까요?]

[처음에는 그렇게 생각했을 가능성도 있어. 하지만 그렇게 생각하기에는 혁무산이 너를 위하는 태도가 도를 넘지……. 그는 우리를 계속 추적하며 감시해 왔다는 걸 잊지 마. 눈치가 있는 자라면 이상하다고 생각할 거야.]

[흠……. 그럴 수도 있겠군요.]

[그자가 네가 천살광마혼주라는 것을 알고 있다면 그는 네가 마조의 후인이라는 것도 알고 있다고 생각해야 돼. 천살광마혼은 절대진마종주만이 창조할 수 있는 존재니까. 그럼에도 일을 꾸미고 있는 것이라면… 절대 그를 경시하지 마. 예전의 혈사존 막륜도 속을 알 수 없는 자였어. 그의

220

후인이라면 쉽게 생각해서는 안 돼.]

[명심하겠습니다.]

"주공, 둘이서 무슨 얘길 그렇게 재밌게 하는 거예요?"

사마화정이 뿔이 잔뜩 난 얼굴로 퉁명스럽게 물었다.

산하는 뒷머리를 긁적였다.

"나중에 말씀드리겠습니다."

그의 대답이 사마화정의 속을 더 긁어놓았다.

사마화정은 시무룩한 얼굴로 자리에서 일어났다. 그리고 힘없는 발길로 방을 떠났다.

"산하야, 따라가 봐라."

천공후가 걱정스런 음성으로 산하에게 말했다.

혁무산도 거들었다.

"늙으면 애가 되는 거야. 소저에게 잘해라. 안 그러면… 알지? 너 죽고 나 죽는 거야!"

산하가 고개를 휘휘 저으며 일어섰다.

"압니다. 알아요."

허둥지둥 사마화정의 뒤를 따라 나가는 산하의 등에 시선을 준 여인, 종초희의 입가에 미소가 맺혔다.

천하정세가 어떻게 돌아가든 일행의 모습은 언제나 한결같은 것이다.

第十章

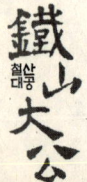
鐵山
철산
대공
大公

날이 밝았다.

진시 중반(아침 8시 경)이 지나기도 전 운향각 옆의 제2연무장은 사람으로 가득 찼다.

앉은 사람들의 수는 몇 되지 않았다.

거의 전부가 서 있는 사람들이었다. 그래도 자리가 모자랐다.

우문세가를 찾아왔다가 비무 소식을 들은 대부분의 무림인이 몰려든 것이다.

수천이 넘는 사람이 공손무경에 대해 이야기하고 혹은

강산하에 대해 이야기를 했다. 개중에는 두 사람의 승부를 걸고 내기를 하는 자들도 있었다.

면사나 죽립으로 얼굴을 가린 사람들도 여럿이었다.

그들의 모습에 호기심을 가진 사람들도 많았지만 그들을 지분거리는 사람은 없었다. 얼굴을 가린 자들의 전신에서 흘러나오는 기세가 심상치 않았기 때문이었다.

장내에 있는 사람 중 문파의 수뇌부에 속하는 사람들의 모습은 보이지 않았다.

공식적으로는 후기지수들의 비무에 불과한 자리였다.

그들이 이곳에 참석하는 건 격에 맞지 않았다. 그러나 그들 중에도 호기심을 참지 못한 사람들은 있었다.

그런 사람들이 얼굴을 가리고 온 것이다.

시장바닥을 연상시키는 장내의 소란스러움은 시간이 갈수록 심해졌지만 한 곳만은 그런 소란에도 불구하고 고요한 연못과 같은 분위기를 유지했다.

공손무경은 연무장의 중앙에 우뚝 서서 조금씩 하늘의 정중앙을 향해 움직이는 해를 직시했다.

백의무복을 입고 한 손에 삼척장검을 들고 있는 그의 모습은 임풍옥수(臨風玉樹)라는 말이 그를 위해 만들어진 말이 아닐까 싶을 정도로 헌헌한 기품이 있었다.

약속한 시간이 다 되어가고 있었다.

연무장에 한 사람이 늘어났다.

우문세가의 부총관인 곽기광이었다.

들어찬 인파를 뚫고 나오느라 그의 이마에는 많은 땀이 맺혀 있었다. 돌아보는 공손무경과 눈이 마주친 그는 어색하게 웃었다.

그의 얼굴은 굳어 있었다.

어느 쪽에서도 참관인을 요청하지 않은 약속된 비무라 하나 장소가 우문세가의 내부였다.

손 놓고 볼 수만은 없는 일.

우문세가에서는 곽기광을 비무의 주관자로 내보냈다. 만일에 발생할지 모르는 불상사를 방지하기 위해서라도 주관자는 반드시 필요했다.

"강 공자는 아직 오지 않았군요."

"부지런하게 움직이기에는 몸집이 부담스러운 자가 아닙니까."

한기가 풀풀 날리는 음성.

공손무경의 음성에는 정제된 살기가 가득했다.

곽기광은 터져 나오려는 한숨을 참느라 애를 써야 했다.

그는 금강나한들이 산하를 어떻게 대하는지를 본 사람이었다.

'왜 가주님은 공손세가에 그의 정체를 알리지 말라고 하신 걸까? 둘 다 정파의 기둥이 될 청년들이 아닌가……. 이미 엎질러진 물과 같아서 되돌릴 수 없긴 해도 화기까지 상하면 안 될 텐데…….'

그들이 대화를 나누고 있을 때 사람들의 일각이 허물어지듯 일렁이며 길이 생겨났다. 그 사이로 장대한 체구의 흑의인이 큰 걸음으로 걸어 나왔다.

"크다……!"

산하를 본 사람들의 입에서 나온 말은 미리 짠 듯 똑같았다.

이런 반응이야 하도 겪어서 이제는 식상하다.

산하는 덤덤한 얼굴로 연무장 중앙으로 걸어 들어갔다.

곽기광이 산하에게 포권을 했다.

"나오셨군요."

곽기광이 왜 이곳에 나왔는지는 삼척동자라도 알 수 있는 일이다.

산하는 웃으며 마주 포권했다.

"세가에서 걱정하시는 일은 벌어지지 않을 겁니다."

"감사할 뿐입니다, 강 공자님."

정중하게 고개를 숙이던 곽기광은 바로 옆에서 흘러나오는 한기에 흠칫했다.

공손무경의 냉기 흐르는 두 눈이 똑바로 그를 보고 있

었다.

그는 자신의 실수를 깨달았다.

그가 산하에게 한 말은 듣기에 따라 공손무경을 봐달라는 것으로 들릴 수도 있었다. 실제로 공손무경은 그렇게 들었다.

그가 언제 이렇게 모욕적인 대우를 받은 적이 있었던가.

눈앞에 산하가 없었다면 곽기광은 그의 검을 받아야만 했을 것이다.

곽기광은 손을 들어 물처럼 흐르는 이마의 땀을 훔쳤다.

"하.하.하. 공손 소협… 저는 그런 뜻이 아니고……."

공손무경은 곽기광에게서 시선을 돌렸다. 곽기광이 그를 자극하긴 했지만 지금 그가 상대할 사람은 산하였지 곽기광이 아닌 것이다.

한숨을 돌린 곽기광이 전권에서 물러나며 말을 했다.

"두 분 모두 마지막 순간에는 손에 사정을 두시기 바랍니다. 이는 저의 마음일 뿐만 아니라 천사종을 척결하기 위해 모인 자리에서 우리끼리 피를 보아서는 안 된다는 여러 윗분들의 한결같은 뜻입니다. 현명하신 분들이니 감정을 충분히 자제하실 수 있을 것이라고 믿습니다."

곽기광은 어색하게 웃었다.

공손무경도 산하도 그의 말에 귀를 기울이는 기색이 아

니었기 때문이다. 그래도 그는 자신이 맡은 역할을 끝까지
수행해야 했다.

그는 판단하는 자가 아니라 지시를 이행하는 자였으니
까.

연무장의 경계선에 선 그는 공력을 끌어올렸다. 그리고
구경하는 사람들을 향해 말했다.

"공손세가의 장자 무인검 공손무경 소협과 감숙성 강가
장에서 온 강산하 소협의 비무가 곧 시작될 것입니다. 두
분의 집중을 방해할 행동이나 말씀은 자제해 주시길 바랍
니다."

말을 마친 곽기광은 연무장을 나와 경계선 밖에 섰다.

연무장 주변은 조용했다.

당사자들이 나와 대치한 상태다.

이제는 싸움을 기다릴 시간이었다.

여기저기서 침을 삼키는 소리가 곽기광의 귀를 파고들었
다.

긴장과 열기가 피부를 파고드는 듯했다.

곽기광은 사람들의 심정을 이해할 수 있었다.

강산하는 강호상에 전혀 이름을 알리지 못한 무명의 인
물이지만 무인검 공손무경은 중원십팔수 서열 삼위자로 알
려진 청년층의 고수다. 그런 사람의 비무는 평생 가도 보기

어려운 구경거리였다.

연무장을 둘러싼 사람들 속에 이진추와 팽무오를 비롯해 산하가 운향각에서 만났던 젊은 남녀들, 중원십팔수도 자리를 하고 있지 않은가.

공손무경은 천천히 검의 손잡이에 오른손을 올려놓았다.

산하를 보는 눈에서 은은한 청광이 흘러나왔다.

그가 공손세가의 직계에게만 전승된다는 청령휘원공(靑靈輝原功)을 끌어올렸음을 알게 해주는 징표였다.

그가 말했다.

"그대를 아는 사람들은 모두 그대를 어려워하더군. 알려지지 않은 신분이 범상치 않다는 뜻이겠지. 하지만 그대의 신분이 무엇이든 나는 관심이 없다. 그에 걸맞은 능력을 갖추고 있지 못하면 천하제일고수의 아들이라도 대접받을 수 없는 곳이 강호니까."

말이 이어질수록 그의 음성은 차갑고 냉혹해졌다.

"강산하. 그대가 과연 본 가를 능멸할 수 있는 자인가를 확인하겠다. 증명해라. 너에게 그런 능력이 있음을. 그렇지 않다면 이 자리는 너의 강호은퇴식이 되리라!"

묵묵히 공손무경의 말을 듣고 있던 산하의 입가에 쓴웃음이 떠올랐다.

"내가 능력을 증명하면 당신이 어떻게 될지에 대해서는

한 번도 생각해 본 적이 없는 듯한 말이구려."

그의 시선이 연무장 밖의 이진추와 팽무오를 향했다.

공손무경의 기색으로 보아 두 사람은 그의 신분을 공손무경에게 말하지 않은 것이 분명했다. 천공후와 혁무산이 손을 쓴다고 했지만 그것만으로는 충분한 설명이 되지 않았다. 팽가와 공손가는 사돈지간이 될 사이라고 하지 않았던가.

잠시 생각에 잠겼던 산하는 궁금증을 가슴 깊은 곳에 묻었다.

이유가 궁금했지만 지금은 의혹을 풀 시간이 없었고, 또 급한 일도 아니었다.

푸르스름한 빛을 뿌리는 공손무경의 눈에 조금씩 살기가 차올랐다.

그 눈을 똑바로 마주하며 산하가 말했다.

"당신에게 내 능력을 증명해야 할 필요는 전혀 느끼지 못하지만 계속 당신 말을 듣고 있기는 거북하니 시작합시다. 아직 아침식사 전이오. 빨리 끝내고 밥 먹으러 갑시다."

공손무경의 눈이 섬뜩한 살기로 물들었다.

지켜보던 사람들도 어이가 없어 입을 딱 벌렸다.

무인검 공손무경을 앞에 두고 아침식사 운운하는 자가 있을 줄이야.

공손무경은 입을 꾹 다물었다.

더 이상 말을 나누는 건 의미가 없었다.

오른손은 검병(검의 손잡이)에 올린 채로 그의 오른발이 미끄러지듯 반 보를 나아가더니 지면을 짚었다.

그의 기세가 일변했다.

날선 검처럼 차갑고 날카로운 기세가 그의 전신에서 구름처럼 일어났다.

공손세가는 둥지를 틀고 있는 곳은 하북성 적성이다.

적성은 만리장성이 지척이나 다름없는 지역이어서 장성을 넘어온 북방 이민족과의 싸움이 수시로 벌어졌고, 그래서인지 사람들의 심성도 거칠고 호전적이었다.

공손세가의 검은 자신들이 거주하는 지역의 특색을 그대로 반영한 검으로 유명했다.

그들의 검은 전검(戰劍)의 일종으로 손을 쓰면 반드시 피를 보았다.

흑도무림인들도 꺼릴 만큼 잔인하고 실전적인 검, 그것이 공손세가가 자랑하는 청령참마검(靑靈斬魔劍)이었다.

공손세가의 양대절기 청령휘원공과 청령참마검은 무림의 수많은 음유지공 중에서도 수위에 꼽히는 절세의 무공들이다.

음유지공의 대표적인 특성은 두 가지다.

하나는 빠르다는 것, 또 다른 하나는 변화 속에 암수가 숨어 있어 눈에 보이는 초식에 시선을 빼앗기면 치명적인 상황을 맞이할 수밖에 없다는 것이다.

쉬잇!

뱀의 혀에서나 날 법한 스산한 기음이 터짐과 동시에 시퍼런 청광이 음산한 빛을 뿌리며 산하가 서 있는 자리를 향해 날아갔다.

언제 검을 뽑았는지도 알기 어려운 은밀한 발검, 그 기세가 죽기도 전에 검이 이미 목표에 도달하는 신쾌함, 그리고 최단의 직선거리를 따라 목젖을 노리는 냉혹함.

수많은 구경꾼 중에서도 공손무경의 검로를 눈에 담을 수 있었던 사람은 손에 꼽을 만큼 적었다.

"아!"

경탄성이 여기저기서 터졌다.

사람들의 눈에는 검끝에 산하의 목이 꿰뚫리는 것처럼 보였던 것이다.

물론, 착시였다.

산하는 내심 고개를 끄덕였다.

공손무양의 청령참마검세는 보기 드물게 뛰어난 것이었다.

그의 명성은 헛된 것이 아니었다.

하지만 산하를 위협할 정도가 되지 못함도 사실이었다.

그의 장대한 신형이 우측으로 휘청하는가 싶더니 환상처럼 일척을 이동했다.

직선으로 날아든 검첨이 산하의 목을 꿰뚫은 것처럼 보인 건 산하의 운신속도가 검보다도 더 빨라 잔상이 남아 있었던 때문이었다.

찰나지간 산하의 여섯 자 앞까지 이동한 공손무경의 안색이 무거워졌다.

스물둘이 넘은 후로 세가의 장로들도 그의 검을 버거워했다. 그들 중 누구도 지금의 산하처럼 수월하게 그의 검을 피하지 못했다.

그는 혼신의 공력을 끌어올렸다.

그의 눈에서 바닷물처럼 시퍼런 청광이 쏟아졌다.

산하가 그보다 못하지 않은 강자임을 인정한 것이다.

그는 손목을 비틀었다.

직진하던 검첨의 속도가 줄어들지 않은 채로 사선으로 뚝 떨어졌다. 마흔여덟 개의 푸른 검영(劍影)이 그물처럼 산하의 상체를 뒤덮었다.

청령참마검의 삼대절초 중 하나인 청사참마격(青絲斬魔擊)이었다.

공손무경이 이룬 검의 경지는 낮지 않았다.

235

그가 펼친 청사참마격은 검기발현을 넘어 검기를 실처럼 뽑아 사용하는 검사경(劍絲境)에 도달하지 못하면 펼칠 수 없는 수법이었다.

당연히 하나하나의 검영이 모두 실체와 다름없어서 스치기만 해도 팔다리 하나는 떨어져 나갈 수밖에 없었다.

검영은 눈 한 번 깜박이기도 전에 산하의 몸에 도달했다.

그럼에도 산하의 표정에는 아무런 변화가 없었다.

그는 마흔여덟 개의 검영은 쳐다도 보지 않았다. 그가 보는 건 검이 아니라 공손무경의 눈이었다.

산하와 눈이 마주친 공손무경은 이를 악물었다.

'……고수다!'

청사참마격의 진정한 위력은 사십팔검영에 있지 않았다.

전검이 아니라 환검이라 해도 믿을 법한 수준의 변화를 보여주고 있는 검영은 실제 위협이 될 수도 있었지만 그것은 하수를 상대할 때 쓰는 방법이었고, 고수에게는 쓰임새가 달랐다.

상대가 사십팔검영에 정신을 빼앗기는 순간 검영 안에 숨어 있던 진정한 힘이 상대의 목숨을 취하는 것, 그것이 고수를 상대할 때 쓰는 청사참마격의 정수였다.

그런데 산하는 검영에 관심을 두고 있지 않았다. 그것은 그가 청사참마격의 진수를 알아보았다는 것을 의미했다.

두 사람의 눈이 마주친 순간 공손무경의 검이 변했다.

사십팔검영 속에 숨어 있던 힘, 검영의 면 바닥에 붙어 있던 실처럼 가는 검기 하나가 뱀처럼 꿈틀거리며 산하의 가슴을 파고들려 했다.

그제야 산하의 입가에 가는 미소가 떠올랐다.

그의 흑포자락이 미미하게 흔들렸다.

다음 순간 공손무경의 얼굴이 흙빛으로 변했다.

산하는 보이지 않았고, 그의 시야에 들어온 건 검푸른 빛을 뿌리는 거대한 주먹이었다.

'신권… 합일?'

검에만 신검합일이 있는 것이 아니다.

그의 생각은 더 이상 이어지지 못했다.

막부막적의 기세로 날아드는 묵청권과 부딪친 청사참마 격의 사십팔검영이 모래성처럼 허물어지고 있었다. 뱀처럼 꿈틀거리며 산하의 가슴을 더듬던 검사(劍絲)도 묵청권과 부딪치며 사막의 신기루처럼 흩어졌다.

앞을 막는 모든 것을 힘으로 부수고 전진한 묵청권과 공손무경의 검이 충돌했다.

쾅!

"울컥!"

벼락 치는 듯한 굉음과 함께 조각난 검편과 덩이진 핏덩

237

이가 허공을 수놓았다.

입가에 피를 흘리며 정신없이 뒤를 물러나는 사람은 공손무경이었다.

그는 아홉 걸음이나 뒤로 물러나서야 신형을 안정시킬 수 있었다.

단 일권.

장내는 바늘 떨어지는 소리도 들릴 듯한 침묵에 잠겼다.

쩍 벌어진 입에서 침이 줄줄 흐르는 사람도 적지 않았다. 누구도 상상하지 못했던 광경이 그들 앞에 펼쳐지고 있었다.

공손무경은 피가 나도록 입술을 깨물었다.

검과 주먹이 한 번 부딪친 결과는 처참했다.

그가 일곱 살 때 부친으로 받은 청령보검의 검신은 두 자 반으로 줄었고, 충격을 받은 내부의 진기는 미친 듯이 날뛰고 있었으며, 오장육부는 자리를 이탈했다.

일권으로 받은 피해라고는 믿을 수 없는 결과였다.

'저자… 누구란 말인가?'

의혹이 태산처럼 그의 머리를 짓눌렀다. 그러나 식도를 타고 올라오는 핏물을 꿀꺽 삼키며 의혹도 삼켰다.

지금은 한가하게 의혹에 매달릴 때가 아니었다. 그는 지금 일세의 영명이 물거품으로 변할지도 모르는 순간에 서 있었다.

개인의 명성에 국한된 피해도 아니었다.

그가 중인환시리에 패하면 공손세가의 명성까지 땅에 떨어진다.

그는 공손세가의 차기 가주 내정자니까.

다행인 것은 산하가 일권을 사용한 후 그를 따라붙지 않았다는 것이었다.

그것이 그에게 한숨이나마 돌릴 수 있는 여유를 주었다.

본래 정상적인 비무라면 이렇게 일방이 충격적인 열세에 처했을 때는 승부가 났다고 본다. 하지만 공손무경은 패배를 시인하지 않았고, 주관자인 곽기광도 비무를 중지시키지 않았다.

공손무경의 좌수가 소맷자락 안으로 들어갔다.

'이것을 사용해야 하는가…….'

그는 지난밤 자신을 찾아온 사람을 생각했다.

그는 공손무경에게 강산하라는 자가 상대하기 어려운 강자이며 사승내력이 범상치 않다고 말해주었다. 그리고 감당하기 어려운 상황이 펼쳐지면 사용하라는 말과 함께 공손무경에게 하나의 암기를 건네주었다. 직면한 위기를 반전시킬 수 있는 힘을 가진 물건이라는 말과 함께.

소맷자락 안으로 들어간 그의 손에 엄지손가락 한 마디

크기의 둥근 구슬이 만져졌다.

지난밤 그는 특이점을 찾기 위해 오랜 시간 구슬을 들여다보았다. 그렇게 해서 그가 얻은 결론은 간단했다.

구슬은 화탄도 아니었고, 독탄도 아니었다.

특이한 점을 찾을 수 없는 하급의 암기에 불과했다.

'그분이 말한 대로의 위력을 가지고 있기를⋯⋯.'

물건을 준 사람의 신분은 확실했다.

공손무경의 눈이 차갑게 빛났다.

그는 이것저것 가릴 마음의 여유가 없었다.

정파의 무인이라면 싸움이 아닌 비무에서 암기를 사용하지는 않는다. 이겨도 손가락질 받을 짓이기 때문이다.

그렇다고 암기 사용이 금기인 것은 아니었다.

어떤 문파든 누대의 전통을 가진 문파는 기본적인 암기 사용법을 보유하고 있고, 위급한 상황에서는 그것을 사용한다.

명예롭지 못한 방법이기에 꺼리는 것일 뿐이다.

산하는 눈살을 찌푸렸다.

그는 공손무경의 눈동자가 바람 앞에 선 갈대처럼 이리저리 흔들리는 것을 보았다.

비무의 상대지만 그는 공손무경이 비무에서 엉뚱한 생각을 할 자라고는 생각하지 않았었다.

그러기에는 처음 봤을 때 느껴진 그의 기품이 너무 뛰어났다.

그는 오만하고 독선적인 분위기가 강한 사내였다. 그러나 학처럼 고고한 기풍이 있었다.

그런 자의 눈이 소인배처럼 흔들리고 있었다.

산하는 내심 혀를 찼다.

'사람을 잘못 본 것 같군. 쩝, 나도 한참 멀었구나.'

검을 곧추세운 공손무경의 신형이 바람처럼 산하를 향해 움직였다.

거리를 좁힌 그의 발끝이 지면을 박찼다.

쐐애애액ㅡ

검이 공기를 가르는 파공음이 사람들의 귀청을 떨어 울렸다.

시퍼런 청광이 파공음의 뒤를 따랐다.

청수참마격과는 다른, 시퍼런 검기에 휩싸인 단 하나의 검영이 수직으로 산하의 머리를 향해 떨어져 내렸다.

번개가 내려치는 속도를 능가하는 빠르기.

청령참마검에서 가장 쾌속하면서도 위력이 강한 초식, 낙성일선참이라는 검격이었다.

산하의 눈빛이 서늘해졌다.

보는 이의 심장을 떨게 만드는 위력의 초식이었지만 낙

성일선참의 위력이 아무리 강하다 해도 카라마나 낙종언, 흑백쌍효의 공격만 할까.

검격은 전혀 그를 긴장시키지 못했다.

그는 다른 것을 기다리고 있었다.

그리고 낙성일선참의 공세가 그의 정수리 반 치 위에 도달했을 때 공손무경의 다른 손이 은밀하게 움직였다.

스웃—

검신을 타고 흐르는 검은 선 하나.

산하의 입매가 비틀렸다.

'실망이군. 준비한 것이 고작 암기란 말인가.'

보검도 생채기 하나 낼 수 없는 것이 그의 신체다.

허리춤에서 화산처럼 솟구쳐 오른 산하의 주먹이 머리 위쪽에 작렬했다.

변화는 그 충돌의 순간에 일어났다.

쾅!

청령보검은 손잡이만 남기고 박살이 났다.

충격을 받은 공손무경이 입에서 피화살을 뿜어내며 허공으로 다섯 자를 퉁겨 올랐다.

그리고 공손무경의 검신 아래를 따라 쏘아져 오다가 산하의 주먹과 부딪친 검은 선, 구슬이 흐릿해지는가 싶더니 확하며 안개로 변해 흩어졌다. 구슬이 만든 안개는 산하의 전신에 달빛처럼 내려앉았다.

산하는 그것을 느꼈지만 무시했다.

안개가 전설의 무상지독 정도의 위력을 갖고 있는 물건이 아니라면 그에게 티끌만 한 영향도 미칠 수 없었다.

재미없다는 표정으로 장내를 지켜보고 있던 진유아가 자리에서 벌떡 일어난 건 바로 그 순간이었다.

"아앗! 저건……!"

그녀의 동그랗고 아름다운 눈은 더 이상 커질 수 없을 만큼 커져 있었다.

그녀가 일어났을 때 사람들도 장내에서 일어난 변화를 느낄 수 있었다.

눈으로 봐서 안 게 아니었다.

지위와 무공의 고하를 막론하고 연무장 인근 이백여 장 이내에 있던 사람들의 전신에는 굵은 소름이 돋아났고, 등줄기에는 식은땀이 줄줄 흘렀다.

단숨에 그들의 마음속을 채운 것은… 말로는 형용할 수 없는, 무시무시한 공포였다.

연무장의 중앙.

철사처럼 굵은 머리카락이 올올이 곤두선 산하가 철탑처럼 우뚝 서 있었다.

그의 두 눈은 시뻘겋게 변해 있었으며, 전신에서는 가공

할 마기가 흘러나왔다.

허공으로 퉁겨져 올라갔던 공손무경은 급작스러운 산하의 변화를 보고 안색이 대변했다.

그의 앞에 있는 존재는 사람이 아니라 마(魔) 그 자체라 해도 지나치지 않았다. 그리고 그 절대마인이 그를 올려다 보고 있었다.

그때까지 한 번도 움직인 적이 없던 산하의 좌권이 허공을 격한 상태에서 공손무경이 있는 곳을 향해 일권을 내질렀다.

공손무경의 얼굴빛이 시체의 그것처럼 변했다.

가공스럽다는 말로도 부족한 무언가가 그를 향해 날아들고 있었다.

그의 얼굴이 절망으로 물들었다.

그를 향해 다가오는 기운은 그가 피할 엄두조차 낼 수 없을 만큼 빨랐고, 막는 건 애당초 불가능할 정도로 막강했다.

본래 무형이어야 할 산하의 권경은 핏빛을 띠고 있었다.

무형의 기세가 유형의 강기를 이룬 것이다.

그 위력이야 불문가지.

하지만 상대가 아무리 강하다 해도 저항없이 목숨을 내놓는 건 무인의 치욕이다.

손잡이만 남은 검은 버린 그는 젖 먹던 힘까지 끌어내 가문의 또 다른 절학, 청령신장을 펼쳤다.

진원까지 끌어올린 터라 그는 하단전이 찢어지는 듯한 고통을 느꼈다. 하지만 생사가 오고가는 순간이다.

죽으면 고통도 없다.

고통은 살아난 후 느껴도 되었다.

그의 장심에서 창창하게 일어난 푸른 기운이 혈권강의 앞을 막아섰다.

퍼석.

그리고 모래성이 무너지는 것처럼 무너졌다.

무너진 청령신장의 빈 공간을 무인지경처럼 통과한 혈권강이 공손무경의 가슴을 쳤다.

쿵!

"으악!"

처참한 비명 소리와 함께 공손무경의 신형이 십여 장을 훌훌 날아가더니 연무장 바닥에 휴지처럼 처박혔다.

털썩!

"형님!"

"큰형!"

놀란 기러기처럼 공손무길과 공손무양이 장내로 뛰어들었다. 그들은 산하를 경계하며 공손무경에게 다가갔다. 그리고 망연자실한 얼굴이 되었다.

그들이 우상처럼 여기던 공손무경은 사지가 부러지고 칠공에서 피를 흘리며 기괴한 모습으로 쓰러져 있었다.

다행인 것은 한 가닥 숨이 붙어 있다는 것이었지만 너무나도 처참한 공손무경의 모습에 충격을 받은 공손무길과 공손무양은 공손무경이 죽었다고 오인했다.

두 사람은 고개를 돌려 산하를 보았다.

철탑처럼 선 채 산하는 눈을 꾹 감고 있었다.

덕분에 혈옥처럼 빛나던 그 무서운 눈동자는 보이지 않았다. 하지만 그의 전신에서 흘러나오는, 심령을 떨게 만드는 무시무시한 마기는 여전했다.

第十一章

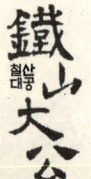
鐵山
철산
大公

공손무길의 성정은 냉정하고 침착한 편이었다. 하지만 공손무양의 인내심은 공손무길에 미치지 못했다.

공손무양의 입술이 부들부들 떨렸다.

"강산하, 네놈이… 네놈이 감히 형님을!"

말과 동시에 그는 애병인 천풍선을 꺼내 들고 산하를 향해 비호처럼 달려들었다.

비무의 승패가 갈린 이상 양측의 관계자들은 승복해야만 했다.

그것이 비무의 관례였다.

공손무양의 행동은 그 관례를 깨뜨린 것이어서 사람들은 당장 그를 비난해야 했다. 하지만 아무도 그를 비난하지 않았다. 오히려 내심 그를 응원했다.

그만큼 산하의 변화와 현재의 모습이 그들에게 준 두려움이 컸던 것이다.

그러나 모든 사람이 공손무양의 행동을 묵인하지는 않았다.

"죽고 싶어 용을 쓰는구나, 용을 써!"

비웃음이 어린 낭랑한 목소리와 함께 화살처럼 날아든 인영 하나가 공손무양의 앞을 막아서며 쌍장을 흔들었다.

휘이이이잉—

무서운 기세로 쏟아진 장풍은 공손무양의 천풍선법이 움직이는 방향 전부를 차단하며 그 위력을 일거에 무력화시켰다.

정신이 번쩍 든 공손무양은 걸음을 멈췄다.

장풍의 권역은 넓고 위력은 강했다. 상대는 그보다 강하면 강했지 약하지 않은 고수였다. 하지만 그를 상하게 할 목적은 없는 듯 그가 천풍선을 거두자 장풍은 씻은 듯이 가셨다.

그는 흥분을 가라앉히려 애쓰며 상대에게 시선을 주었다.

손을 써서 공손무양을 멈춘 사람은 상관운이었다.

그의 안색도 좋지는 않았다.

아직도 산하는 눈을 감고 있었고, 전신에서는 소름끼치는 마기를 흘리고 있었다.

영문을 알 수 없는 상황이라 그는 내심 크게 당황하고 있었다. 그가 본 산하는 마(魔)와는 거리가 멀어도 한참 먼 사람이었기 때문이다. 그 와중에 공손무양이 산하를 향해 손을 쓰는 것을 보게 되자 일단 막고 본 것이다.

그는 슬쩍 고개를 돌려 산하를 보았다.

산하의 주변에는 어느 틈엔가 여러 사람이 늘어나 있었다.

진유아, 사마화정, 천공후, 혁무산, 운천기, 종초희… 단가려와 운지까지.

산하를 포위하듯 둘러싼 그들은 산하를 보호하는 한편 그의 변화를 지켜보고 있었다.

다른 사람들은 어떤 일이 벌어지고 있는지 몰랐지만 산하 일행은 느끼고 있었다. 산하의 몸에서 흘러나오던 마기가 조금씩 약해지고 있다는 것을.

그가 다시 고개를 공손무양에게 돌렸을 때 공손무양이 살기가 뚝뚝 떨어지는 목소리로 말했다.

"비키시오! 그는 살려두어서는 안 되는 마인이오."

상관운의 눈썹이 꿈틀거렸다.

그는 천성이 다른 사람의 강압을 견디지 못하는 성격이었다.

오죽하면 그의 양부인 용천악도 그를 포기하다시피 했을까.

입매가 비틀린 그의 입술이 벌어졌다.

"그냥 형의 복수를 하고 싶다고 말해. 되지도 않는 명분이나 찾지 말고."

"뭐라!"

공손무양의 얼굴이 치미는 노화를 참지 못하고 붉게 달아올랐다.

"본인이 가진 무공이 얼마나 하잘것없는지 주제 파악도 못하는 데다가 목숨을 살려줘도 고마운 줄 모르는 자라……. 공손세가의 직계라는 자가 이렇게 경우 없을 줄은 몰랐는걸."

말투도 내용도 비웃음 일색.

상관운이 그에게 냉소를 날리며 말했다.

"흥, 전후사정도 모르는 얼치기 같은 자야. 저분이 손에 사정을 둔 것을 고맙게 여겨야 할 판이라는 걸 모르겠나? 저분이 스스로를 억제하지 않았다면 공손무경은 한 줌 핏덩이가 되었을 것이다."

말끝마다 하대다.

공손무양의 인내도 한계에 달했다.

"개소리! 순수한 무공이라면 어찌 형님이 당했을까! 금지된 마공의 힘일 뿐이다. 저 모습을 보고도 그런 소리가 나오나? 그는 마에 혼을 빼앗긴 자다!"

상관운의 깎은 듯 수려한 이마에 굵은 주름 몇 가닥이 생겨났다.

내색은 하지 않았지만 그는 난감해졌다.

외견상 산하의 모습은 공손무양의 말과 다르지 않았기 때문이다. 하지만 그는 산하가 저렇게 된 데는 분명 사정이 있다고 믿었다.

그건 그가 산하를 잘 알기 때문이 아니라 절대진마류가 어떤 문파인지를 잘 알고 있었기 때문이었다.

절대진마류는 마를 지배하는 문파다. 마에 지배당하는 문파가 아닌 것이다.

그가 코웃음을 쳤다.

"흥, 마공? 마인? 개 풀 뜯어먹는 소리하고 자빠졌네. 어디서 주워들은 풍월은 있어가지고. 기다려라. 저분이 정신을 찾을 때까지."

그때까지 상관운과 공손무양의 대화를 듣고만 있던 공손무길이 손으로 공손무양의 어깨를 잡아당기며 끼어들었다.

"그렇게 못하겠다면?"

"먼저 나를 꺾어야겠지."

"네가 누구이기에 그처럼 오만한지 알고 싶어졌다. 너는 누구냐?"

"나?"

상관운이 손가락으로 자신의 가슴을 가리켰다.

여유가 넘치는 모습이다.

공손무길과 공손무양의 눈에서는 불똥이 튀었고, 지켜보던 사람들은 눈살을 찌푸렸다.

상관운의 태도는 공손 형제를 조금이라도 염두에 두고 있다면 나올 수 없는 것이었다.

그와 공손무양 사이에 있었던 일초의 겨룸으로 그의 무공이 간단치 않다는 것은 누구나 인정하는 바였다. 하지만 그 수준이 공손 형제들을 무시할 정도로 대단하게 여겨질 만큼이라고 하기는 어려웠다.

단 일초에 불과한 겨룸이었다.

그것으로 상관운의 무공이 어느 정도인지 정확하게 파악할 만한 사람은 이 자리에 많지 않았다.

때문에 상관운이 누군지 알지 못하는 사람들에게 지금 그가 보여주고 있는 모습은 극도로 오만한 모습으로 비쳐질 수밖에 없었다.

공손무길의 제지에도 참지 못한 공손무양이 악을 쓰듯 소리쳤다.

"그래, 너!"

"알면 후회할 텐데? 그래도 알고 싶나?"

공손무길이 대답했다.

"네가 누구이기에 우리가 후회를 한단 말이냐!"

"나도 얼마 전에 지금 너희처럼 자신만만하게 말했다가 땅을 치며 후회를 한 적이 있지…….."

상관운은 말끝을 흐렸다.

산하와 재회했던 당시의 상황이 떠오르자 속이 울렁거린 탓이었다.

"입으로 시간을 때울 생각인 거냐?"

차갑게 말을 뱉는 공손무길의 눈이 사나워졌다.

상관운은 피식 웃으며 어깨를 으쓱했다.

"들켰네."

"이놈!"

더 이상 참지 못한 공손무길의 입에서 노성이 터져 나왔다.

상관운의 안색이 차갑게 가라앉았다.

"자중하는 게 신상에 이로워. 나는 상관운이거든."

대노해서 막 손을 쓰려던 공손무길이 움찔하며 걸음을

멈췄다.

그의 미간에 내천자가 그어졌다.

상관운의 이름을 어디선가 들어본 듯했던 것이다. 그리고 바로 기억나지는 않았지만 느낌이 좋지 않았다. 그 느낌이 그의 발길을 붙잡았다.

그가 되물었다.

"상관운?"

상관운은 고개를 끄덕였다.

"그래. 설마 내 이름을 들어보지 못한 건 아닐 테고…….
기억을 못할 만큼 머리가 나쁜 거냐?"

공손무길이 망설이고 있을 때였다.

"공손 공자, 물러나시게."

낮고 중후한 음성이 장내에 울려 퍼졌다.

소리는 크지 않았지만 그 말을 듣지 못한 사람은 없었다.
사람들은 나타난 사람이 범상치 않은 인물임을 알 수 있었다.

연무장 둘레를 방벽처럼 두텁게 에워싸고 있던 사람들의 일부가 썰물처럼 양쪽으로 갈라지며 길이 났다. 그 길로 안색이 돌처럼 굳은 십여 명의 사람이 걸어왔다.

공손무길과 공손무양의 시선이 그들의 선두에 선 인물의 얼굴에서 멈췄다.

등에 넉 자 길이의 고색창연한 도를 메고 있는 오십대 남의인. 외모는 평범했지만 정지한 듯 흔들림이 없는 눈동자와 표정없는 얼굴이 인상적인 사내였다.

공손 형제는 입술을 깨물며 포권했다.

"부맹주님……."

낙일참도객 구양숙은 가볍게 고개를 끄덕여 공손 형제의 인사를 받으며 입을 열었다.

"그의 말이 맞네. 자네들의 심정을 모르는 바 아니지만 지금은 자중해야 할 때네."

말이 끝났을 즈음 그는 연무장 안으로 들어섰다.

공손 형제의 얼굴이 미미하게 일그러졌다.

공손무길의 앞에서 걸음을 멈춘 구양숙은 변함없이 담담한 어투로 말을 이었다.

"자네들은 상관 공자가 중원에 와 있는 줄 몰랐기에 기억을 하지 못하는 것 같구먼."

말에 담긴 여운이 남달랐다.

구양숙은 단심맹의 부맹주가 된 후에도 일 년 중 십 개월을 연공실에 처박혀 보내는 무공광이다. 당연히 대외 활동도 거의 없었다. 단심맹도라면 그가 무림의 중요 인사들을 제외하고 거의 아는 사람이 없다는 것을 잘 안다.

그런 그가 한눈에 알아볼 젊은 고수는 흔치 않다.

생각이 그에 미친 공손 형제는 눈을 크게 떴다.

그제야 상관운이라는 이름을 어디서 들었는지 기억이 났던 것이다.

공손무길은 홱 소리가 나도록 고개를 돌려 상관운을 보았다.

"설마… 천산옥마룡 상관운……?"

상관운의 수려한 얼굴에 환한 웃음이 떠올랐다.

그는 양팔을 벌리며 어깨를 으쓱했다.

"이제야 기억이 난 모양이로군."

그가 자신의 신분을 인정하자 장내가 대번에 저잣거리처럼 소란스러워졌다.

"천산옥마룡!"

"천산의 적장자가 어떻게 이 자리에?"

"마제의 아들!"

"천하쌍영(天下雙英)의 한 명이 왔는데 어떻게 알려지지 않을 수가 있었지?"

웅성웅성……

여기저기서 들리는 제각각의 목소리들.

하지만 그들의 목소리는 공통점이 있었다.

얼마나 놀랐는지 붕 떠 있는 것이다.

상관운은 살짝 고개를 돌려 자신을 보고 있는 단가려를

향해 한쪽 눈을 찡긋했다.

단가려는 이 상황에서도 장난을 치는 상관운이 어이가 없었지만 굳었던 얼굴을 펴고 그를 향해 생긋 웃어주었다.

그가 이런 사람임을 진즉부터 알고 있지 않았던가. 그래서 더 사랑하게 되었던 것이고.

상관운의 시선이 구양숙과 함께 온 사람들을 훑었다.

그들의 기도는 구양숙에 비교해도 크게 떨어지지 않았다. 기도만으로도 알 수 있었다. 그들은 현재 우문세가에 모인 사람 중 수뇌부에 속하는 사람들이었다.

구양숙과 어깨를 나란히 한 사람은 화려한 장삼을 입고 탐스러운 검은 수염을 길게 기른 오십대 사내였다.

상관운과 눈이 마주친 사내가 입을 열었다.

"우리는 초면이구먼. 난 우문직이라고 하네."

상관운은 움찔했다.

우문세가의 당대 가주, 즉 집주인이 나타난 것이다.

그는 포권했다.

"천산에서 온 상관운입니다. 가주."

"마중지존전에서 사람이 올 줄은 몰랐네. 알았으면 달리 대접했을 것을. 섭하게 생각하지 말아주게."

"몽향원의 시설은 만족스럽습니다. 염려하지 않으셔도 됩니다."

"그리 말해주니 고맙구먼. 그런데……."

우문직의 시선이 산하를 향했다.

산하의 마기는 더 이상 공포스럽지 않았다. 많이 안정된 것이다. 하지만 마기 자체가 사라지지는 않았다.

"강 공자는 곽 부총관에게 들은 것과 너무 다른 분이시군."

"사정이 있을 뿐입니다."

"그게 무언지 알고 싶네만."

"저는 말할 자격이 없습니다."

우문직의 눈이 반짝였다.

"호오. 강 공자의 신분이 무엇이기에 천산의 다음 대 주인에게 자격이 없을 수 있다는 말인가?"

상관운은 입을 열지 않았다.

그에게는 정말 자격이 없었으니까.

상관운이 사람들을 막고 있을 때 진유아는 산하를 올려다보았다.

눈을 꾹 감고 있는 그의 얼굴을 본 진유아의 얼굴에 걱정스런 기색이 떠올랐다.

두 사람은 전음으로 대화를 나누지 않는다.

그들의 대화는 마음과 마음으로 전해진다.

[산하야.]

[…….]

대답이 없었다.

진유아의 눈가에 그늘이 졌다.

[산하야!]

[…귀 아픕니다. 작게 말씀해 주세요, 누님.]

진유아의 눈이 기쁨으로 물들었다.

[괜찮은 거야?]

[괜찮으면 제가 이러고 있겠습니까?]

산하의 목소리에는 여유가 있었다. 하지만 여전히 그의
몸은 미동도 하지 않았다. 아직 움직일 정도는 되지 못하는
것이다.

진유아가 말했다.

[다행이다. 큰일 나는 줄 알았어.]

[대정력과 명왕심결이 아니었으면 정말 큰일이 났을 겁
니다. 자극이 너무 컸어요.]

[시간이 얼마나 필요해?]

[마무리 단곕니다. 반각이면 충분할 거예요.]

[알았어. 외부는 신경 쓰지 말고 광마혼을 진정시키는 것
에만 집중해.]

[감사합니다, 누님.]

[감사는 저기 있는 어리석은 자들이 네게 해야지. 네 광

마혼이 폭주했으면 이 자리에 살아 숨 쉬는 사람이 몇이나 되겠니.]

입을 다문 진유아의 시선이 구석에 쓰러져 있는 공손무경을 향했다.

공손무경은 공손 형제가 돌보고 있었다.

장내에 나타난 사람들은 너무 거물이어서 아무리 공손무경이 산하에게 죽음 직전의 피해를 입었다 해도 그들이 나설 게재는 되지 못했다.

그것을 깨달은 공손 형제는 공손무경에게 간 것이다.

산하의 마기가 눈에 띠게 약해졌다.

진유아가 조심스럽게 산하에게 말을 걸었다.

[얘기해도 돼?]

[이제 상관없습니다, 누님.]

[빠르네.]

[경험이 있지 않습니까. 경험에서 배운 게 없었다면 위험했겠죠.]

진유아는 고개를 끄덕였다.

산하는 어리숙해 보이지만 어리석지 않다.

그녀가 궁금한 기색을 숨기지 못하며 물었다.

[저놈이 네게 던진 암기… 천형광혼지력이었지?]

[예. 그것입니다.]

[어떻게 그럴 수가!]

진유아의 눈이 불신으로 물들었다.

그녀가 말했다.

[천형광혼지력은 금옥과 연결되어 있지 않으면 새어 나올 수 없는 기운인데……. 대체 무슨 일이 벌어지고 있는 거야……?]

산하의 몸에서 일어난 변화는 공손무경이 그에게 던진 구슬 형태의 암기, 정확히 얘기하자면 그 암기가 폭발하며 흘러나온 안개 같은 기운으로 인한 것이었다.

그 안개는 절대금옥의 내부 천형마지에만 존재한다는 천형광혼지력의 정화였던 것이다.

놀랍게도 구슬에 담겼던 광혼지력의 위력은 산하가 북망산에서 겪었던 것의 몇 배에 달했다.

광혼지력은 산하의 내부에서 잠자고 있던 천살광마혼을 단숨에 일깨웠고, 산하는 그 충격으로 마인처럼 변했다.

하지만 산하는 극심한 내부의 변화에도 불구하고 정신을 잃지 않았다.

그동안 명왕심결과 천공육절의 수련을 한시도 게을리하지 않은 효과가 나타난 것이다.

덕분에 공손무경은 죽지 않을 수 있었다.

산하가 광마혼에 잠식당했다면 손에 사정을 두지 않았을

것이고, 공손무경은 한줌의 핏물이 되었을 것이다.

그가 말했다.

[광혼지력을 물건에 담을 능력자가 있을까요?]

진유아는 고개를 저었다.

[모르겠어. 혈사존 막륜도 그런 시도는 하지 못했어. 광혼지력은 천지의 한 축을 이루는 마기의 근원이 되는 힘이야. 어떻게 그런 기운을 물건에 담을 수 있겠어. 그래서 혈사존 막륜도 감히 시도조차 못했던 거야 그런데… 분명 광혼지력은 그 구슬 안에 담겨 있었어. 모르겠어, 정말 모르겠어……. 어떻게 그게 가능한 거지?]

[누님이 모르는 걸 제가 어떻게 알겠습니까?]

진유아의 혼란에 빠진 음성과는 반대로 산하의 목소리는 담담하고 부드러웠다.

그가 말을 이었다.

[하지만 지금은 몰라도 언젠가는 알 수 있을 겁니다. 제게 그 물건을 사용한 자는 그것이 저에게 어떤 영향을 미치는지 분명히 알고 있는 자일 테고, 얻고자 하는 목적도 있는 자일 수밖에 없으니까요. 그자와 만났을 때 제가 직접 물어보겠습니다. 어떻게 만든 거냐고요.]

진유아의 마음이 가벼워졌다.

어떤 문제든 산하 앞에서는 복잡해질 수가 없다.

이래서 그녀는 산하의 단순함을 아꼈다.

그녀가 물었다.

[천사종이겠지?]

[아마도요. 지금으로서는 그가 가장 의심스럽죠.]

[그 물건을 어떻게 손에 넣었는지 알기 위해서는… 공손무경을 족쳐야겠네.]

[그래야 하는데… 쉽지가 않을 것 같습니다.]

공손무경의 상처는 가볍지 않았다.

그가 무인이 아니라 필부였다면 즉사했을 것이다.

[회복은 가능해?]

[예. 위험하긴 하지만 죽을 정도는 아닙니다. 다행히 제가 정신을 잃지 않아서…….]

[맞아. 저 아해에게는 정말 다행한 일이지. 언제쯤 정신을 차릴까?]

[죽지 않을 정도이긴 해도, 내부가 심하게 상태라서 이삼일은 걸릴 겁니다.]

[내가 지켜볼게.]

[예, 누님.]

천하에서 진유아의 기색 변화에 가장 민감한 사람은… 사마화정이다.

그녀는 진유아가 혼자 고개를 젓다가 끄덕이다가 하는

265

것을 보고 대뜸 전후사정을 짐작해 냈다.

그녀의 입술이 달싹였다.

[주공, 정신이 드셨군요!]

산하는 내심 쓴웃음을 지었다.

[예, 대랑. 잠시만 기다려 주십시오. 일 다향 정도면 움직일 수 있을 것 같습니다.]

[넵!]

힘차게 대답한 사마화정의 안색이 환해졌다.

그녀가 진유아의 기색 변화에 민감하듯이 그녀의 기색 변화에 민감한 사람도 있다. 그것도 두 명씩이나 된다.

사마화정의 감정 변화는 산하로부터 시작되고 산하에게서 끝이 난다.

그 사실을 너무나 잘 아는 천공후와 혁무산은 사마화정의 변화하는 얼굴에서 산하가 어떤 상태인지를 알 수 있었다.

그들의 얼굴도 환해졌다.

표정이 변하자 그들 사이에 흐르던, 살얼음판을 걷는 것 같던 분위기가 대번에 화기애애해졌다.

第十二章

비무는 산하의 승리로 끝이 났다. 하지만 공손세가와의 상황은 비무 이전보다 오히려 더 나빠졌다.

　공손무경은 기식이 엄엄한 중상을 입고 우문세가의 의원들에게 보내졌다.

　그의 상세를 진맥한 의원들은 입을 맞추기라도 한 것처럼 하루는 지나봐야 그가 죽을지 살지 알 수 있다는 말을 했다.

　공손무경이 누구인가.

　공손세가의 차기 가주 내정자가 아니던가.

공손무길과 공손무양을 비롯한 공손세가의 인물들이 어떻게 산하를 향해 이를 가는 건 당연한 일이었다.

비무가 정상적으로 끝이 났다면 그들은 그저 이를 가는 것 외에 다른 행동을 하지 못했을 것이다. 속이야 어떻든 겉으로는 그래야만 했다.

정당한 비무의 결과에 승복하지 않는 행위는 무림의 지탄을 받을 각오가 되어 있지 않다면 할 짓이 못되었다.

사마외도의 인물들도 주관자가 공증하는 비무의 결과에 승복한다.

그것이 무림의 전통이다.

명목상 산하는 비무의 승자였다.

하지만 마지막에 산하가 보여준 기괴한 마인의 모습이 상황을 바꾸어놓았다.

산하가 흘리던 마기는 어떤 사람도 경험한 적이 없을 정도로 강하고 끔찍한 것이었다. 게다가 산하를 보호하려 한 사람은 천산 마중지존전의 적장자 천외옥마룡 상관운이었다.

마기와 상관운.

이 둘이 연관되자 사람들의 뇌리에 떠오르는 건 한 사람의 공포스런 이름이었다.

개천마조 유청광.

그의 공포가 우문세가에 현세한 것이다.

공손 형제는 산하가 금지된 마공을 익힌 자라 주장했고, 그 주장은 세가를 방문한 무림인들의 광범위한 지지를 받았다.

다수의 지지에 힘을 얻은 공손 형제는 우문세가의 수뇌부와 구양숙 등에게 천사종을 척결하기 전에 먼저 산하를 척결해야 한다고 강력하게 주장했다.

하지만 그 주장은 받아들여지지 않았다.

아직 산하의 신분은 정확하지 않았다. 하지만 천중마제 용천악의 양자로 알려진 상관운이 스스로 그보다 지위가 낮다고 자인했다. 그리고 그의 주변에 머무는 사내들과 면사로 얼굴을 가린 여인들의 기도 또한 함부로 할 수 없을 정도여서 신분이 범상치 않았다.

무엇보다도 산하는 소림의 금강나한들이 사숙조라 부르는 인물이었다.

아직 모르는 것이 너무 많았다.

공손 형제의 말을 받아들여 행동하기에는 부담이 너무 큰 것이다.

자칫하면 무림성회의 목적인 천사종 척결은 우선순위가 뒤로 밀리고, 정마대전이 발발할 수도 있었다. 더해서 소림까지 적으로 돌리고.

그러지 않으려 해도 저절로 신중해질 수밖에 없었다.

*　　　*　　　*

텅 빈 대전 안.

태사의에 몸을 묻은 천사종주는 손가락으로 팔걸이를 끊임없이 두드리며 생각에 잠겼다.

"착각이 아니었다. 착각이 아니었어! 강산하는 천살광마혼의 저주에서 다시 벗어나 제정신을 찾았다. 북망산에 이어 두 번째다. 그에게는 뭔가 방법이 있음에 틀림없다. 그것이 무엇일까."

어찌 보면 넋이 나간 사람처럼 보이는 중얼거림.

"막륜사조는 천형광혼지력의 마기에 잠식당하지 않고 그것을 마공화하는 방법을 찾았지만 결국 실패했다. 광혼지력을 마공화할 수만 있다면 고금무적도 꿈은 아니다. 존재하는지조차 불확실한 마계지문을 열기 위해 고생하지 않아도 된다. 하지만 광혼지력에 잠식당하면 인성을 잃고 마인이 될 수밖에 없다. 영세토록 군림할 수 있는 고금무적의 힘을 얻는다 해도 광인이 된다면 무슨 소용이 있겠는가. 그때문에 광혼지력의 마공화를 포기하고 긴 세월 동안 금옥으로 들어가기 위한 방법을 찾았던 것이거늘. 강산하… 그

자가 답을 갖고 있을 줄이야!"

그는 이를 물었다.

마음이 극도로 초조해지고 있었다.

그토록 염원했던 것이 손만 뻗으면 닿을 거리에 있었다.

그는 심호흡을 했다.

"후우우……"

조급함이 얼마나 위험한 감정인지 그는 잘 알고 있었다.

오십여 년 전, 그의 가문은 조급함을 참지 못하고 움직였다. 하지만 그 움직임을 알아차린 절대의 거마 한 명에 의해 그의 가문은 멸문지경에 이르지 않았던가.

"천천히… 계획대로 진행한다. 조급해하지 않아도 기회가 오리라."

그는 천천히 눈을 감았다.

조급함이 스러진 자리를 달콤한 흥분이 채워갔다.

잠시 후 눈을 뜬 그가 말했다.

"좌령."

아무도 없던 대전 바닥에 부복한 좌령의 모습이 나타났다.

"부르셨습니까, 지존."

"아직도 설왕설래 중인가?"

"그렇습니다."

천사종주의 입가에 비웃음이 떠올랐다.

그가 말했다.

"마음에 들지 않는군. 방우곤은 어디 있는가?"

"거처에서 상황을 주시하고 있습니다."

"그를 움직여."

앞뒤가 잘린 말이었지만 좌령은 천사종주의 뜻을 이해했다.

"존명!"

부복한 채로 그의 모습이 사라졌다.

천사종주는 태사의에 등을 묻었다.

이제는 기다릴 시간이었다.

*　　　*　　　*

창밖으로 보이는 하늘이 붉게 물들어갔다.

해가 지고 있었다.

"반나절이 지나도록 조용한 게 은근히 사람을 더 짜증나게 만드는구먼."

천공후의 투덜거림이 방 안에 흐르던 침묵을 깨뜨렸다.

종초희가 부드럽게 웃으며 말을 받았다.

"아무래도 생각들이 많겠지요, 어르신."

274

"뭐, 그렇긴 하지만……. 영 답답하네."

방 안에는 산하 일행이 전부 모여 있었는데 다들 천공후와 다르지 않은 심정이었다.

태평한 사람은 창가의 벽에 기대고 앉아 있는 산하뿐이었다.

그는 가부좌를 틀고 눈을 반개한 모습으로 앉아 있었다.

모르는 사람이 본다면 운기조식이라도 하는 줄 알았겠지만 일행은 알고 있었다.

산하가 졸고 있다는 것을.

일행과 함께 있을 때 산하는 진정한 무방비 상태가 무엇인지를 적나라하게 보여주며 진짜로 잔다.

고수라면 자면서도 긴장을 늦추지 않기에 미세한 지극에도 잠에서 깨어나지만 일행과 함께 있는 산하에게 그런 말은 해당사항이 없었다.

그는 천공후나 혁무산이 주먹으로 두드려 패도 잠에서 깨지 않는다.

일행에 대한 그의 온전한 신뢰가 만든 숙면이었다.

혁무산이 산하를 돌아보고는 움켜쥔 주먹을 부르르 떨었다.

"어휴! 하늘이 무너져도 졸고 있을 놈! 얄미워 죽겠네. 한 대 때려줬으면 정말 소원이 없겠다."

"참지 마. 때려!"

천공후도 같은 심정이었던 터라 혁무산을 부추겼다.

"흥, 때려보든가. 물주먹으로 쇳덩이를 치면 자기 손만
아프지."

비웃음이 듬뿍 담긴 음성이 두 사람의 뒷전을 두드려 댔
다.

언제나 그렇듯이 사마화정이었다.

"어느 세월이 되어야 나잇값들을 할는지, 원."

사마화정까지 싸잡아 비웃는 음성의 주인은 진유아다.

사마화정과 천공후, 혁무산이 잡아먹을 것처럼 진유아를
노려보았다.

평소 자신을 볼 때마다 침을 흘릴 것 같은 표정을 짓던
천공후까지 노려보자 진유아는 슬금슬금 산하의 옆으로 자
리를 옮기더니 그의 굵은 팔과 단단한 가슴 사이의 빈 공간
에 몸을 집어넣었다.

새끼새가 어미새의 겨드랑이를 파고드는 모양새다.

사마화정의 눈에서 불똥이 튀었다. 하지만 그녀는 침묵
했다.

산하가 쉬고 있는 것이다.

사마화정과 눈이 마주친 진유아의 입가에 득의만만한 미
소가 떠올랐다.

산하의 품, 그곳은 진유아가 아는 한 천하에서 가장 안전한 장소였다.

"할 일 없으면 산하처럼 잠이나 쳐자든지. 새처럼 조잘거려 대니 정신이 다 사납군."

그들의 하는 양을 무표정한 얼굴로 지켜보던 운천기가 툭 뱉듯이 말했다.

이번에는 진유아까지 잡아먹을 것처럼 운천기를 노려보았다. 하지만 운천기는 끄떡도 하지 않았다.

일행 중 가장 질기고 단단한 얼굴가죽과 거대한 간을 가진 사람이 그라는 걸 그는 여러 차례에 걸쳐 증명해 왔다.

운천기의 반응이 재미가 없자 사마화정 등의 관심은 곧 그를 떠났다.

사마화정이 다른 사람들을 돌아보며 말했다.

"그냥 확 뒤집어엎는 게 어때?"

산하가 깰까 두려운 듯 개미소리만큼이나 작은 목소리였다.

"좋은 생각이긴 하지만… 사마소저, 산하가 화낼 거요."

역시 소곤거리는 것보다도 작은 혁무산의 시무룩한 대답이 뒤를 이었다.

사마화정의 눈이 산하를 슬쩍 일별했다.

그녀가 말했다.

"주공이 깨어나시기 전에 일을 끝내면 되지 않을까?"

잠시 갈등하던 혁무산이 힘차게 대답했다.

"까짓 거. 합시다!"

어느새 산하는 잊었는지 목소리가 컸다.

사마화정의 얼굴이 환해졌다.

당장 뛰쳐나가려는 듯 의자에 앉아 있던 그녀의 엉덩이가 들썩였다.

사마화정을 일별한 천공후가 발을 쭉 뻗어서 앉아 있는 혁무산의 무릎을 냅다 걷어찼다.

퍽!

"미쳤구나. 소저를 말릴 생각을 해야지 좋다고 맞장구를 쳐?"

벌떡 일어난 혁무산의 눈썹이 역팔자로 곤두섰다.

"이놈의 거지가 누굴 툭툭 치는 거야? 죽고 싶냐!"

"너나 죽어, 이놈아. 그리고 생각 좀 하면서 살아라. 네 머리는 장식이냐? 여기서 우문세가 수뇌부를 비롯한 작자들을 족쳐 놓으면 후환도 무궁무진하고 산하가 가만있지도 않을 테지만 그 모든 걸 떠나서 어떤 놈이 그런 상황을 제일 좋아하겠냐?"

"그걸 내가 어떻게 알아!"

금방이라도 멱살을 잡아 쥐고 한판 붙을 분위기였다.

두 사람을 차분한 시선으로 지켜보던 종초희가 가벼운 한숨과 함께 대답했다.

"휴우, 천사종이 제일 좋아하겠죠."

생각하길 싫어해서 그렇지 혁무산도 바보는 아니다.

그는 찔끔한 얼굴로 종초희를 돌아보고는 어색한 얼굴이 되어 다시 자리에 앉았다.

"그건… 그렇겠지……."

유일하게 자신의 의견에 동조하던 혁무산이 기운을 잃어 버리자 사마화정도 맥이 쭉 빠진 얼굴로 입을 닫았다.

일을 벌이는 거야 혼자서도 할 수 있지만 뒷감당을 할 방패막이가 없으면 산하의 화난 얼굴을 혼자 감당해야 했다.

그건 별로 좋은 상황이 아닌 것이다.

다들 입을 다물자 잠시 방 안에 침묵이 흘렀다.

그 침묵은 밖에서 들려온 음성에 의해 깨졌다.

"저… 손님이 오셨습니다."

몽향원에서 일하는 하녀의 목소리였다.

종초희가 답했다.

"지금은 손님을 받을 수 없다고 전해주세요."

"그게… 제가 거절하기 어려운 분이신지라……."

"그 사람이 누구기에 그러세요?"

종초희의 대답은 하녀가 아닌 다른 사람이 했다.

굵은 사내의 목소리가 방 안으로 흘러 들어왔다.

"대환궁의 소궁주 방우곤과 두 명의 장로가 강산하 공자를 뵙고자 하오."

방 안의 일행은 모두 눈을 깜박였다.

종초희를 제외한 사람들은 방우곤의 이름을 처음 들어보았다. 하지만 그가 대환궁 소궁주라는 신분의 사내라면 하녀가 내칠 수 있는 사람이 아니라는 걸 이해할 수 있었다.

사마화정은 신이 났다.

그녀가 종초희에게 물었다.

"우리와 헤어져 있던 그때 공동산에서 대환궁과 한판 벌인 적이 있다고 했었지?"

"예."

"주공께서 박살 내놓은 놈 이름이 뭐라고 했었지?"

"방욱량이었어요."

"그놈이 찾아온 방우곤과 어떤 사이냐?"

"방욱량은 방우곤의 동생이에요."

사마화정은 환호라도 할 것 같은 얼굴로 고개를 끄덕였다.

"아마 그 일 때문에 온 모양이로구나."

"그런 듯합니다."

사마화정은 잠시 무언가를 생각하는 듯하더니 눈살을 찌

푸리며 중얼거렸다.

"쥐새끼 같은 놈이네…… . 방유기는 이러지 않았었는데…… ."

중얼거림을 마친 그녀가 종초희에게 말했다.

"심심하던 차에 잘 됐다. 초희야, 나가서 그를 맞아라."

"사조님…… ."

머뭇거리는 종초희를 본 사마화정이 눈을 부라렸다.

종초희는 속으로 한숨을 내쉬며 자리에서 일어났다.

산하와 함께 다니며 사마화정을 대하기가 많이 편해지긴 했지만 그렇다고 그녀의 말에 토를 달거나 무시할 정도는 되지 못했다.

밖은 어느새 어두워져 있었다.

정원을 밝히는 횃불 아래,

사십대 초반의 자의인과 육십이 넘어 보이는 두 명의 노인은 방 안에서 종초희 혼자 나오는 것을 보고는 은근히 눈살을 찌푸렸다.

그들은 산하와 그 일행에 대해 사전조사를 했다.

때문에 지금 그들을 맞기 위해 나오는 절세미녀가 열락궁의 소궁주 종초희라는 것을 알고 있었다.

그녀의 신분은 낮지 않았다.

하지만 방우곤과 두 명의 장로를 홀로 맞이하기에는 부

족한 것도 사실이었다.

방우곤은 대환궁의 소궁주이긴 하지만 강호에서는 궁주로 대접받는 사람이었다.

십여 년 전 그의 부친이자 궁주인 방완은 무공에 전념하고 싶다는 말과 함께 이선으로 물러났다.

그 후 실질적으로 대환궁의 대소사를 관장하며 궁주 역할을 해온 사람이 그였고, 강호무림 전체가 그것을 알고 있었다.

때문에 종초희가 단독으로 그를 맞이하는 건 예의가 아니었다.

종초희는 예를 갖추고 방우곤에게 포권을 했다.

"열락궁의 종초희라고 합니다. 무슨 일로 이곳을 찾으셨는지요?"

"방금 전 강산하 공자를 만나러 왔다고 말씀드렸던 것으로 기억하오만?"

"들었어요. 왜 그분을 뵈려 하는 것이죠? 내용을 말씀하시면 제가 전해 드리죠."

"그에게 욱량의 일을 묻기 위해 왔소"

"욱량이라면 방욱량 공자를 말씀하시는 건가요?"

"그렇소."

"알겠어요. 제가 전해 드리죠."

방우곤의 눈빛이 강해졌다.

"말씀은 고맙지만 나는 소저가 대신 전해 주는 건 원치 않소. 내가 직접 그에게 묻고 싶구려."

"다음에 찾아오시지요. 그분은 지금 외부인을 만나고 싶어 하지 않으세요."

방우곤의 눈에 은은한 분노의 빛이 떠올랐다.

"허허허, 소저가 잊은 듯해서 한 번 더 말하지. 나, 대환궁의 방우곤이요."

어이없다는 기색이 완연한 음성.

"소궁주님의 부친께서 이 자리에 오셨어도 제가 드릴 수 있는 답은 마찬가지예요."

종초희의 대답은 매몰찼다.

방우곤의 뒤, 오른편에 서 있던 청삼노인의 얼굴이 일그러졌다.

"종 소궁주의 말이 너무 과하구려."

그의 음성이 높아졌다.

"이분이 어떤 분이신데 문전박대하려 하는가!"

"박대하려는 것이 아니라 사실이 그러할 뿐이에요. 공자님께서 만나고 싶어 하지 않으시는 이상 누구도 안으로 들어올 수 없어요. 일이 커지기 전에 돌아들 가세요. 방 소궁주님과 두 분 장로님께서 하고 싶은 대로 말하고 행동해서는 안 되는 곳이에요, 이곳은."

종초희의 말은 진심이었다.

그녀는 방 안에 있는 사람들과 방우곤 일행이 만나는 것을 원치 않았다.

산하 때문에 가뜩이나 뒤숭숭한 우문세가가 아닌가.

그녀는 일이 더 복잡해지는 건 막고 싶었다.

하지만 듣는 사람의 입장은 그녀와 많이 달랐다.

방우곤의 안색이 싸늘해졌다.

십여 년 전 궁의 실권을 장악한 이후로 그는 어디에서도 이런 무시와 푸대접을 받아본 적이 없었다.

그의 뒤에 서 있던 두 노인, 대환궁의 오대장로 중 두 명인 송학과 위소방의 얼굴이 분노로 달아올랐다.

자삼의 노인, 위소방은 종초희의 어깨 너머를 뚫어지게 바라보며 소리쳤다.

"둘째 공자와 공손가의 공자들을 쓰러뜨렸을 뿐인 자가 이리도 방자하단 말이냐! 사람들의 말대로 마에 물들어 하늘 높은 줄도 모를 지경이 되었다는 것이냐! 그게 아니라면 당장 그 방에서 나오라!"

공력이 실린 목소리였다.

쩌렁쩌렁한 그의 음성은 몽향원을 뒤흔들고 가볍게 담을 넘어 사방으로 퍼져 나갔다.

덜컥!

위소방의 말을 들었는지 방문이 확 열렸다.

열린 문에서 걸어 나오는 사람을 본 종초희가 한숨과 함께 어깨를 늘어뜨렸다.

눈 아래를 면사로 가리고 걸어 나오는 절세적인 몸매의 백의궁장여인, 사마화정이었다.

사마화정은 미소가 가득 어린 눈으로 종초희를 보며 말했다.

"감 궁주가 역시 잘 키웠다니까. 사람을 어떻게 자극하고 일을 어떻게 키우는지 제대로 배웠구나, 초희야. 그 정도면 어디 가서 내 얼굴에 먹칠은 하지 않겠다."

면사로 눈 아래를 가린 탓에 드러난 것은 백옥 같은 이마와 그린 듯한 눈썹, 그리고 별빛이 쏟아져 나올 것만 같은 커다란 두 눈뿐이었다. 하지만 그것만으로도 방우곤과 두장로는 심장이 멈추는 듯한 충격을 받았다.

종초희의 미모 또한 면사여인에 뒤지지 않았다. 하지만 면사여인에게는 종초희에게 없는 것이 있었다.

그것은 입에 침이 마르고 가슴을 저절로 뛰게 만들며 온몸의 피가 한곳으로 몰리도록 만드는, 사내라면 거부할 수 없는 성숙함과 관능미였다.

가히 사람의 미모라 할 수 없는 아름다움이었다.

그러나 이 마당에 면사여인의 미모에 관심을 가질 수는 없는 일이다.

방우곤이 정중하게 말했다.

"소저가 뉘신지 모르겠소만 내가 보고자 하는 사람은 강산하 공자외다."

여인의 면사가 나풀거렸다.

뒤이어 쟁반에 옥구슬이 굴러가는 듯 달콤한 목소리가 들려왔다.

"너희 잡놈들 따위가 감히 주공을?"

방우곤과 두 장로는 자신들의 귀를 의심했다.

저렇게 아름다운 여인의 입에서 어떻게 저처럼 상스럽고 모욕적인 말이 나올 수 있단 말인가.

셋 중 가장 성질이 급한 건 위소방이었다.

"이런 미친 계집이! 뚫린 입이라고 감히 누구한테 그런 망발을 하는 것이냐!"

사마화정의 눈빛이 서늘해졌다.

"미친? 뚫린? 망발?"

나직하게 중얼거린 그녀가 고개를 젖히고 크게 웃음을 터뜨렸다.

"호호호호호호, 방유기의 옆에서 코나 찔찔거리던 꼬마 녀석이 많이 컸구나. 기특하다. 너는 특별히 껍질을 한 번 더 벗겨주마."

위소방은 물론이고 방우곤과 송학의 얼굴에도 어리둥절한 기색이 떠올랐다.

방유기는 사망한 지 십칠 년이나 된 방우곤의 조부 이름이다.

그는 대단한 역량을 가졌던 인물로 그의 생전에 대환궁은 단심맹 휘하 사대가문 중 최고라는 말을 들었었다. 호부에 견자 없다는 말이 있지만 그의 아들 방완은 방유기에 비하면 한참 모자라서 방유기의 사후 대환궁의 세는 크게 줄었다.

아무튼 많이 봐주어도 방유기라는 이름은 이십대 중반을 넘지 않은 여인이 언급할 수 있는 것이 아니었다. 게다가 여인은 방유기를 마치 손아랫사람 대하듯 말하고 있지 않는가.

여인의 말은 황당하기 이를 데 없어서 화가 나기 전에 어이가 없었지만 곧 세 사람의 얼굴은 치미는 분노로 창백해졌다.

"이런 미친년!"

침착한 편인 송학의 입에서조차 저절로 쌍욕이 튀어 나왔다.

사마화정은 느긋한 눈으로 송학을 돌아보았다.

"음… 아! 기억난다. 너는 코찔찔이 옆에 있던 여드름쟁이 녀석이로구나. 삼십 년 전이던가……. 너희가 대환궁에서 잘나간다는 소문을 언뜻 들었던 기억이 나. 그새 장로씩이나 되어 있었네? 반가워. 간만에 본 기념으로 너도 껍질을 한 번 더 벗겨줄게."

계속되는 하대와 섬뜩한 선언.

송학과 위소방은 이제 혼란스러워하는 얼굴이 되었다.

자신들이 열다섯이 될 때까지 콧물을 흘리고 여드름을 달고 살았다는 걸 아는 사람은 많지 않았다.

그들의 나이는 육십을 넘었다.

수십 년이 흐르는 동안 그 사실을 아는 사람들은 대부분 천수를 누리고 죽었거나 남의 칼에 맞아 죽었다.

그리고 살아남은 사람들은 머리가 나빠서 그것을 기억하지 못하거나 두 사람이 어려워 억지로 잊었다.

어찌 되었든 두 사람은 머리에서 연기가 날 정도로 대노했다.

방우곤뿐만 아니라 그들도 수십 년 내 이런 식의 대접을 받아본 적이 없는 것이다.

그 분노가 상대의 외모로 추정되는 나이와 말의 내용이 전혀 어울리지 않는다는 사실을 잊게 했다.

위소방이 소리쳤다.

"강산하를 보기 전에 네년의 입버릇부터 고쳐놔야겠구나!"

말을 마침과 동시에 그의 신형이 바람처럼 방우곤을 스치며 사마화정을 향해 나아갔다.

방우곤은 위소방을 말리지 않았다.

돌아가는 상황은 명백했다.

강산하를 만나려면 눈앞의 면사여인을 비롯한 연무장에서 그를 보호하던 자들을 먼저 쓰러뜨려야 했다.

대노한 목소리와는 달리 위소방의 운신은 안정되어 있었고, 가라앉은 눈빛은 차가웠다.

홍분에 몸을 맡기는 수준을 오래전 넘어선 절정고수의 풍모가 여실하게 드러났다.

사마화정과의 거리를 칠 척으로 좁힌 위소방의 쌍장이 그녀의 상체를 휩쓸어갔다.

장심이 그녀의 몸에 닿기도 전에, 먼저 일어난 날카로운 자색 경기가 방원 이 장 이내를 난자했다.

위소방의 성명절기인 도자장(屠紫掌)이었다.

위소방은 도자장에 구성의 진력을 실었다.

면사여인의 입은 저잣거리의 왈패가 울고 갈 정도였지만 그녀에게는 함부로 대할 수 없게 만드는 무엇인가가 있었다.

사마화정의 면사 속 입가에 가는 미소가 떠올랐다.

비웃음이었다.

폭이 넓은 궁장소매 안에 들어가 있던 그녀의 우수가 느릿하게 밖으로 나오는가 싶더니 장난처럼 전방을 향해 아래에서 위로 비스듬히 한 번 움직였다.

쩌저적!

소리는 나지 않았지만 지켜보던 사람들은 마치 소리를 들은 듯한 착각을 했다.

그럴 수밖에 없는 광경이 그들의 눈앞에 펼쳐졌기 때문이었다.

칼로 비단폭을 베어내듯 사선으로 움직이는 면사여인의 손을 따라서 위소방의 도자장이 베어지며 양분되고 있었다.

양분된 자색의 장력 사이로 어두운 밤하늘이 보였다.

"컥!"

거친 신음과 함께 위소방은 정신없이 뒤로 물러났다.

검붉은 핏물이 그의 입끝을 따라 흘렀다.

단 일 수에 그의 내부는 엉망이 되었다.

그리고 그것이 끝이 아니었다.

제자리에 서서 물러나는 위소방을 바라보고 있던 면사여인이 우수가 활짝 펴지더니 위소방의 가슴 부위를 향해 통

기듯 한 번 허공을 쳤다.

위소방의 안색이 시커멓게 변했다.

상상해 본 적도 없는 막강한 힘이 허공을 격해서 그의 가슴으로 밀려들고 있었다.

그 속도와 위력은 가히 경인지경.

그는 전력을 다해 자신을 덮치는 도자장을 펼쳤다.

자색의 장력이 구름처럼 일어나 격공장을 맞이해 갔다.

그만이 아니었다.

위소방의 위기를 본 송학도 측면에서 격공장을 향해 전력을 다한 일장을 때렸다.

도자장과 더불어 대환궁 이대장공이라 불리는 최심장력이 회색의 기운을 가득 담고 격공장의 측면을 쳤다.

콰쾅!

장력끼리 부딪쳤는데 화탄 터지는 소리가 났다.

"크악!"

"흐윽!"

가슴이 주저앉은 위소방은 십여 장을 훌훌 날아가다 정원의 연못에 빠졌다.

풍덩!

측면에서 그를 지원한 송학은 부러진 두 팔을 덜렁거리며 이 장여를 물러나다가 균형을 잃고 그 자리에 쓰러졌다.

털썩!

두 사람 모두 쓰러지기 전에 이미 정신을 잃었다. 그래서 두 사람으로부터는 더 이상의 신음이나 비명 소리가 들리지 않았다.

송학과 위소방의 처참한 모습을 본 방우곤의 안색이 핼쑥해졌다.

면사여인을 돌아보는 그의 눈 끝이 가늘게 떨렸다.

송학과 위소방은 대환궁의 다섯 장로 중에서 가장 강한 사람들이었다.

일대일이라면 몰라도 둘을 상대로는 방우곤도 승리를 장담하지 못했다.

그런 사람들이 단 일격에 생사가 오락가락할 중상을 입으며 패퇴한 것이다. 그리고 그는 두 사람을 쓰러뜨린 면사여인의 무공이 무엇인지 알아보지도 못했다.

"당신… 당신은 대체 누구요?"

방우곤의 음성은 가늘게 떨렸다.

그는 자신의 내심을 드러내지 않으려 노력했지만 성공하지 못했다.

사마화정은 고개를 살짝 옆으로 누이며 방우곤을 노려보았다.

"쯧, 장로씩이나 되는 부하들이 둘씩이나 쓰러졌는데 덤

빌 생각은 안 하고 질문부터 해? 너도 싹수가 노란 놈이로구나. 방유기는 그래도 봐줄 만한 구석이 눈곱만치는 있었던 사내였건만. 대체 새끼들을 어떻게 키웠기에 이 지경인거야?"

방우곤은 입술을 악물었다.

"선조부를 모욕하지 마시오!"

사마화정의 대답은 야멸찼다.

"놀고 있네. 무림에서 남에게 모욕당하지 않기 위해서는 그만한 자격이 있어야 하는 거야. 무공이든 뭐든 말이지. 네가 선조부라 부르는 방유기는 무공은 볼 것이 없었어도 나는 그를 무시한 적이 없었어. 그에게는 백절불굴의 사내다운 기세가 있었거든. 그에 비하면 너는 자라새끼만도 못해. 동생 핑계나 대면서 기회를 봐서 자신의 이름을 높일 궁리나 하는 그런 잔머리로 내게 대접받을 생각은 꿈도 꾸지 마라, 아이야. 이곳에는 그런 잔머리를 받아줄 만큼 마음 넓은 사람이 한 사람도 없단다. 혹 그분이라면 받아주실지도 모르지만 지금은 주무시고 계시지……."

방우곤의 눈에 살기가 가득 맺혔다.

간신히 유지하던 냉정의 끈이 툭하며 끊어졌다.

그가 자란 대환궁에서 그는 부친을 제외하면 언제나 절대자였다.

원하는 무엇이든 손에 넣을 수 있었고, 모든 사람이 그를 떠받들었다.

그런 환경 속에서 자란 터라 그는 다른 사람이 자신을 멸시하는 경우를 당해본 적이 한 번도 없었다.

궁의 외부에 나갔을 때도 그의 신분을 밝히면 상대가 누구든 그를 존중해 주었다. 대환궁은 그럴 만한 배경이었으니까.

머리로는 참고 상대를 파악해야 한다는 말을 계속 되뇌고 있었지만 그의 감정은 인내의 한계를 가뿐하게 넘어버렸다.

"으드득, 네년을 죽여 버리겠다!"

이를 갈며 소리친 그의 장심에 막강한 기운이 모여들었다.

청홍황의 상서로운 서기가 어른거리는 세 개의 고리.

그것은 대환궁의 직계에게만 전승된다는 대삼환무성강(大三環武星罡)이었다.

사마화정에게 쇄도한 방우곤은 미친 듯이 쌍장을 휘저었다.

폭풍과도 같은 빛의 무리가 사방 오 장여를 뒤덮었다.

사마화정의 눈에 미소가 떠올랐다.

하지만 그녀와 눈이 마주친 방우곤은 전신에 소름이 돋

왔다.

사마화정의 미소는 따듯하지 않고 차가웠다.

방우곤의 들끓던 흥분과 분노를 단숨에 식혀 버릴 만큼 강렬한 차가움이었다.

"일찍 죽고 싶다는 데야 내가 거절할 이유는 없지. 그리고 너 같은 놈이 오래 살면 여러 사람이 피곤해져."

사마화정은 손을 꽃잎처럼 오므렸다.

피처럼 붉은 꽃이 그녀의 장심에서 소담스럽게 피어났다.

혈화의 외면은 마치 가시가 돋은 것처럼 뾰족하게 생긴 것들로 채워져 있었는데 그 모양이 마치 꽃의 륜(輪)을 보는 듯했다.

방우곤은 정신이 번쩍 들었다.

분명히 저와 같은 형태의 강기공을 쓰는 여인에 대해 들어본 기억이 있었다. 그리고 그 기억은 그의 가슴을 두려움에 젖게 만들었다.

그의 두 눈이 조금씩 커지다가 어느 순간 확하며 찢어질 듯 커졌다.

마침내 혈화의 주인이 누구인지 기억이 난 것이다.

"설마… 마후……!"

"흥!"

나직한 코웃음과 함께 핏빛의 혈화륜, 혈화겁멸인이 대삼환무성강과 부딪쳤다.

"소저, 손속에 사정을!"

다급한 외침.

쾅!

폭음.

"으악!"

처절한 비명 소리 하나.

정신을 잃은 방우곤은 칠공에서 피를 철철 흘리며 실 끊어진 연처럼 뒤로 사오 장을 날아갔다.

귀영과도 같은 사람의 그림자가 번개처럼 방우곤을 향해 날아올랐다. 그리고 지면에 처박히려는 그를 받아 안아서 땅에 눕혔다.

귀영, 그는 천공후였다.

방우곤의 상세는 중해서 지면에 그대로 떨어졌으면 충격으로 숨이 멈췄을 수도 있었다.

품에 안은 방우곤의 상체 십이 개 요혈을 눌러 급한 대로 상세의 악화를 차단하고 허리를 펴던 천공후의 안색이 변했다.

그는 질겁을 하며 취팔선보로 일 장을 움직였다.

그의 뒤를 연기처럼 따라붙은 사마화정의 발이 천공후의

다리 사이로 날아들었다.

"나를 막아? 거지야, 네가 오늘 내 손에 죽고 싶은 거지?"

화가 잔뜩 난 사마화정의 목소리가 높아졌다.

픽!

"히익! 소저, 제발 진정하시오! 아니, 거기는 나중에 소저에게 쓸…… 어이쿠!"

사타구니를 집요하게 걷어차려는 사마화정의 발을 피해 이리저리 도망 다니는 천공후의 목소리는 애절하기 이를 데 없었다.

종초희는 가늘게 한숨을 내쉬었다.

안도의 한숨이었다.

방우곤의 상세는 중했지만 목숨을 잃을 정도는 아니었다.

천공후가 손을 써서 혈화겁멸인의 공세를 비틀어준 덕분이었다.

사마화정이 방우곤을 죽였다면 상황은 수습이 불가능한 지경이 되었을 가능성이 컸다.

공손무경이 생사의 기로를 헤매고 있는 판에 방우곤까지 죽는다면 단심맹도 지금까지처럼 신중할 수만은 없게 될 테니까.

297

第十三章

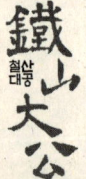

鐵山
철산
대공
大公

해가 지며 선선해진 밤의 날씨가 무색할 정도로 우문세
가의 대회의청 안은 뜨거웠다.

억누른 분노가 끊임없이 열기를 발산하고 있는 탓이었
다.

의자에 앉아 있는 사람의 수는 이십여 명.

그들 중에는 우문세가주 신영공 우문직도 있었고, 단심
맹 부맹주 낙일참도객 구양숙도 있었으며, 백검산장주 구
주만검 이호량과 하북팽가주 경혼도 팽성리의 모습도 보였
다. 그리고 남궁세가주 남궁무진과 눈을 감고 반장한 채 불

301

호를 되뇌고 있는 영인도 있었다. 그들 외에도 강호 유수의 세가와 문파의 수장들이 적지 않았다.

우문세가에 있는 무인들의 수뇌에 속한 자들이 모두 모인 것이다.

사람들의 얼굴은 무거웠다.

"부맹주님, 신중함도 정도가 있습니다. 저자들을 이대로 둔다면 세간에는 본 맹이 천산을 두려워한다는 소문이 퍼질 것입니다. 세인들이 그렇게 생각한다면 어떻게 맹에 돌아가 맹주님을 뵐 수 있겠습니까! 결정을 내려주십시오."

살기가 뚝뚝 흐르는 목소리로 구양숙에게 말을 하고 있는 사람은 손에 평범한 박도를 들고 있는 초로의 도객이었다.

옷도 허름한 마의였고 생김새도 어디서나 볼 수 있을 법한 사람. 그러나 좌중의 사람들은 누구도 그를 경시하지 않았다. 오히려 그를 보는 시선에는 진심 어린 존중이 담겨 있었다.

초로의 도객, 그는 단심맹 도각의 부각주이자 중원오대도객의 일인이라 공인된 삼도일사(三刀一死) 표일덕이었기 때문이다.

장내에는 수많은 거물이 있지만 그들 중 가장 연장자이자 자리가 높은 사람은 단심맹의 부맹주 낙일참도객 구양

302

숙이었다.

구양숙은 속을 알 수 없는 눈으로 표일덕을 바라보았다. 표일덕은 도각의 부각주로 그를 따른 지 이십 년이 넘는다.

표일덕에게서 시선을 뗀 구양숙이 사람들을 돌아보며 입을 열었다.

"표부각주와 이 자리에 모이신 분들께 먼저 드릴 말씀이 있소."

"말씀하시지요. 경청하겠소이다."

여러 사람이 동시에 말했다.

구양숙은 고개를 끄덕이며 말을 이었다.

"오전에 있었던 비무에서 강산하라는 자가 보인 모습은 분명 조사가 필요한 일이외다. 나 또한 당시 그의 모습을 보았고, 즉시 그를 조사하려고 했소. 그런 나를 우문가주께서 극구 만류하시더이다. 그리고 내게 한 가지 얘기를 해주셨고, 나는 강산하를 조사하려던 것을 일단 중지했소. 우문가주의 말씀은 강산하가 표출한 마인의 기세를 조사하는 것보다 몇 배는 더 중요한 일이었기 때문이오."

"……"

사람들은 놀라 서로를 돌아보았다.

말을 한 사람이 구양숙이고 그들도 신분이 남다른 자들인 터라 웅성거림은 없었다. 하지만 그들의 얼굴은 하나같이 의혹으로 물들었다.

구양숙이 한 말은 이해할 수가 없는 것이었기 때문이다.

어떻게 마인(魔人)을 조사하는 것보다 더 중한 일이 있을 수가 있을까.

강호의 견식이 얕은 무인이거나 무림에 속하지 않은 자들은 마공을 익히면 누구나 마인이 된다 생각한다. 하지만 이는 사실이 아니었고, 이 자리에 있는 사람들은 그것을 잘 알고 있었다.

강호무림에 유전되는 마공이란 정도를 벗어난 수련 방식을 택한 대부분의 무공을 의미했다.

예를 든다면, 기혈을 역류시키거나 오욕칠정의 감정 중 몇 가지를 극대화시켜 충돌시키거나 다른 사람이나 외물의 기를 비정상적인 방법으로 몸 안으로 끌어들여 축적하는 것과 같은 방법으로 폭발적인 힘을 얻는, 순리를 따르지 않는 무공이 마공이었다.

순리를 따르지 않기에 마공을 익힌 자는 보는 것만으로도 터지기 직전의 화탄을 보는 것처럼 위험한 느낌을 주고 보는 이를 두렵게 만든다.

그리고 마공을 익히면 골수가 마기에 잠식당한다. 하지만 마공을 익힌다고 해서 전부 마인이 되는 건 아니다.

마인이란 골수에 마기를 담고 있는 자가 아니라 혼이 마기에 잠식된 자를 말한다.

둘은 명백한 차이가 있다.

마공을 익힌 자는 사람이라 부를 수 있지만 마인은 피를 원하는 본능 이외에 아무런 인성도 남아 있지 않아 사람이라 부를 수 없는 존재인 것이다.

그래서 마인이라 확인된 자는 정사마를 막론하고 협력하여 그를 제거했다. 그 역사는 무림이 태동한 이후 계속되어 왔고, 현재도 이어지고 있었다.

그렇다면 마공을 익힌 자가 골수에서 흘리는 마기와 마인의 혼에서 흘러나오는 마기를 어떻게 구별하는 것일까.

사실상 발현되는 마기로 둘의 차이를 구분할 수 있는 자는 거의 없다시피 했다. 그럼에도 마인은 마공고수와는 너무도 쉽게 구별되었다.

그것은 눈 때문이었다.

마인의 눈은 흰자위가 전혀 없고 혈옥처럼 붉었다.

강호에서는 그런 마인의 눈을 혈마안이라고 불렀고, 혈마안의 주인은 어느 시대 어느 곳에서나 강호공적이 되어 처단되었다.

연무장에서 산하가 보여준 눈이 바로 강호인들이 알고 있는 마인의 징표, 혈마안이었다.

사천당가를 대표해서 온 당효운이 가라앉은 목소리로 물

었다.

"구양부맹주, 마인은 시간이 갈수록 강해지고 천하를 피로 물들이다가 결국에는 스스로까지 파멸로 몰고 가는 존재요. 강산하가 아직 자신을 제어하는 게 이상한 일이기는 하지만 혈마안은 그가 마인임을 증명하고 있소. 마인은⋯ 어찌 보면 우리가 이곳에 모인 목적, 천사종을 제거하는 것보다 더 중요한 일이요. 작금에 그를 척살하는 것보다 더급한 일이 어떻게 있을 수 있다는 말씀이시오?"

당효운은 칠 척의 장신이지만 대나무를 연상시킬 정도로 마른 체격의 소유자였고, 그에 걸맞게 목소리도 카랑카랑했다.

구양숙이 말을 받았다.

"당 장로가 하신 말씀 중에 답이 있소이다."

"예? 그게 무슨 말씀이시오."

당효운이 눈살을 찌푸리며 되물었다.

구양숙이 대답했다.

"그가 보여준 혈마안은 분명 마인의 징표요. 본인도 그가 마인이라고 생각하오. 그런데 생각을 해보시구려. 마인은 스스로를 제어하지 못하오. 하지만 강산하는 자신을 제어하고 있소. 그건 그가 우리가 아는 마인과 무언가 다른 점이 있다는 것을 의미하오. 그리고 그가 우리가 알고 있는 마인과 다른 모습을 보여주고 있는 것은……."

잠시 말을 멈춘 구양숙의 눈이 깊이 가라앉았다.

"나는 그가 신승 나후 대선사의 제자이기 때문이라고 생각하고 있소."

"허엇!"

"방금 무어라……!"

"예? 마인이 신승 어르신의 제자라고요?"

"무슨 말씀이오!"

"대체 그런 말도 안 되는!"

"천산의 적장자가 윗사람이라 인정하는 자가 어떻게 신승 나후 대선사의 제자일 수가 있단 말이오?"

조용하던 장내가 화탄이 터지기라도 한 것처럼 어수선해졌다.

대경실색한 사람들은 중구난방으로 경호성을 토했고, 자리에서 벌떡 일어난 사람도 하나둘이 아니었다.

침착함을 유지하는 건 산하의 정체를 익히 알고 있는 이호량와 팽성린, 영인 등 몇 사람에 불과했다.

신영공 우문직이 자리에서 일어나며 양손으로 사람들을 진정시켰다.

"진정들 하시구려. 부맹주님의 말씀은 아직 끝나지 않았소."

사람들은 천천히 자리에 앉았다. 구양숙을 향한 그들의 시선은 강한 불신과 의혹으로 흐트러져 있었다.

구양숙이 말했다.

"나는 우문가주께 이야기를 들었을 뿐 확인하지는 못했소. 하지만 이 자리에는 소림의 팔대금강 중 한 분이 참석해 있소. 그분이라면 강산하와 대선사와의 관계에 대해 확실한 말씀을 해주실 수 있으리라 생각하오."

그는 영인 대사를 보고 있었다.

사람들의 시선도 영인을 향했다.

구양숙이 입을 열었다.

"영인 대사, 몇 가지 질문을 해도 되겠소?"

"아미타불……."

영인은 나직하게 불호를 외며 자리에서 일어났다.

피할 수 없는 자리였다.

그는 잠시 눈을 감았다.

소림을 떠나기 전 영인은 두 사람을 만났다.

한 명은 그의 스승인 혜법이었고, 혜법을 만난 후 그가 찾아간 곳은 방장실이었다.

방장실에서 영인이 마주앉은 혜인은 언제나처럼 어린아이처럼 맑은 미소와 함께 영인에게 말했다.

"혜법 사제가 강산하라는 분에 대해 얘기를 해주었느냐?"

"예, 장문사숙."

"우문세가에서 그분을 보게 될 것이라는 얘기도 해주었겠지?"

"그렇습니다."

"그분은 네가 생각한 것과 많이 다른 분이실 것이다. 놀랄 일이 많이 생기리라."

"어떤……?"

"나도 모른다."

"예?"

"그분의 일신상에 얽힌 문제는 내가 감히 측량할 수 없는 영역에 속해 있느니라. 얼핏 엿볼 수는 있었으되 그 전부를 아는 건 내게도 가능하지 않은 일……. 영인아. 우문세가에서 그분과 관련한 일로 감당할 수 없는 상황에 직면하게 되면……."

"하명하십시오."

"그분은 사조와 인연이 이어진 분이지만 소림과는 인연이 없는 분이시다. 소림은 책임을 결코 회피하지 않을 것이되 그분의 일에는 관여하지 않을 것임을 명백히 하거라."

영인의 안색이 변했다.

"그분의 일신상에 좋지 않은 일이 벌어진다는 것이옵니까, 장문사숙?"

혜인은 말이 없었다.

영인은 떨리는 음성으로 재차 물었다.

"장문사숙, 그런 일이 생겨도 손을 놓고 있어야 한다는, 아니, 붙잡은 손을 뿌리쳐야 한다는 말씀이시옵니까?"

그를 바라보는 혜인의 눈빛은 부드러웠다.

"지금은 이해할 수 없을 테지만 그곳에서 내 말을 이해하는 순간이 오리라."

그 말이 끝이었다.

혜인은 입을 다물었다.

영인은 깊숙이 허리를 숙였다.

그것이 그가 할 수 있는 최선이었다.

허리를 펴는 영인을 보며 혜인은 중얼거렸다.

"소림이 어찌 그분의 일에 관여할 수 있으랴. 천하가 그분의 의지 아래 있게 될, 그런 분이거늘……. 아미타불……."

눈을 뜬 영인의 눈빛은 맑고 담담했다.

'역시 소림의 금강나한!'

사람들은 내심 감탄을 금치 못했다.

이 자리에 있는 사람들이 주는 중압감을 생각한다면 그의 평정은 예사롭게 보아 넘길 것이 아니었다.

구양숙은 영인과 눈을 마주쳤다.

"소림과 강산하와의 관계가 어떠한 것인지 말씀해 주실 수 있으시오?"

영인은 망설임없이 고개를 끄덕이며 입을 열었다.

"말씀하신 대로입니다. 그분은 신승 나후 태사조님의 제자이십니다."

"아!"

사람들의 입이 딱 벌어졌다.

살아 전설이 되어버린 사람의 이름이 근 수십 년 만에 소림제자의 입에서, 그것도 공식적인 자리에서 나온 것이다.

사람들의 눈빛이 혼란으로 흐트러졌다.

신승 나후 대선사의 제자가 마인이라는 현실은 그들에게 감당하기 어려운 충격을 주었다.

웅성거림은 피할 수 없었다.

"믿을 수 없소!"

소리치며 벌떡 일어선 사람은 당효운이었다.

그의 성마른 얼굴은 시뻘겋게 상기되어 있었다.

"어떻게 그런 일이 있을 수 있다는 말이오! 신승의 제자가 마인이라니! 그런 말도 안 되는 얘기를 우리 보고 믿으라는 말이오?"

영인은 반장하며 허리를 숙였다.

"아미타불! 당 노시주께서 믿고 안 믿고와 상관없는 일입니다. 사실이니까요."

물처럼 고요하고 담담한 음성.

당효운은 눈을 부릅떴다.

다그치듯 입을 열려던 그는 길게 숨을 내쉬어 타는 가슴을 식혔다.

말투와는 달리 영인의 눈가에는 보일 듯 말 듯한 그늘이 져 있었다.

당효운은 영인도 그들과 다름없이 혼란스러워한다는 것을 깨달았다.

그의 심정을 대변하듯 구양숙이 물었다.

"어찌 된 일인지 알고 싶소."

영인은 작은 불호성과 함께 말문을 열었다.

"아미타불, 소승이 아는 것은 그분이 나후 태사조님의 전인이라는 것뿐입니다. 그분은 소림에서 성장하지 않았습니다. 저 또한 그분을 소림에서 한 번 뵈었을 뿐 그분에 대해 더 이상 아는 것이 없고요."

"어떻게 그럴 수가……?"

사람들은 멍해졌다.

신승 나후 대선사의 전인이라면 전 무림의 숭앙을 받을 신분이었고, 소림으로서도 영광스러워할 만한 거인이었다.

그런 사람을 소림의 요인이 한 번밖에 본 적이 없다는 말은 누구라도 쉽게 받아들이기 어려운 것이었다.

구양숙이 다시 물었다.

"소림은 그가 마인이라는 것을 알지 못했다는 말이오?"

영인은 고개를 끄덕였다.

"몰랐습니다."

"믿기 어렵소."

"압니다. 하지만 몰랐던 것을 알고 있었다고 말씀드릴 수는 없습니다."

"허어……."

사람들의 입에서 탄식이 터져 나왔다.

그들을 보며 영인이 말했다.

"저로서는 이해할 수 없는 것이지만 이곳으로 오기 전 장문대사께서 제게 하명하신 것이 있습니다. 그것을 말씀드리는 것으로 저의 말을 마치고자 합니다."

우문직이 눈을 빛내며 물었다.

"혜인 선사께서 말이오? 그것이 무엇이오?"

"장문대사께서는 소사숙조와 관련된 일이 생기고 그 일에 대해 소림의 입장 표명이 필요하게 되면 그 일이 무엇이든 소림은 결코 책임을 회피하지 않을 것이되 관여 또한 하지 않을 것임을 명백히 하라 하셨습니다."

"아!"

사람들은 눈을 크게 떴다.

구양숙의 눈빛이 무섭게 가라앉았다.

"혜인 장문인께서 그리 말씀하셨단 말이오?"

"그렇습니다."

"그럼 장문인께서는 강산하가 마인이라는 것을 알고 계셨다는 말이오?"

영인은 고개를 저었다.

"저로서는 알 수 없습니다."

"흠……. 책임을 회피하지 않겠지만 관여 또한 하지 않겠다……."

구양숙의 중얼거림은 사람들의 마음을 파고들었다.

해석하기에 따라 여러 얘기가 나올 수밖에 없는 말이었다.

사람들은 침묵했다.

강산하가 진정한 마인이라 해도 그를 처리하는 건 생각처럼 간단한 일이 아니었다.

그는 천산 마중지존전과 밀접한 관계가 있음에 분명했고, 이제는 신승 나후 대선사의 제자라는 것도 밝혀졌다.

소림이 관여하지 않는다고 천명했다고 해서 일이 쉬워지는 건 아니었다.

소림이 관여하지 않더라도 그가 나후 대선사의 제자라는 사실은 변함이 없었으니까.

당대무림에서 나후 대선사의 이름이 갖는 권위와 영향력은 상상 이상이었다. 그는 소림 출신이었지만 지금은 오히려 소림이 그의 그늘 속에 있었다.

그런 나후 대선사의 제자를 제거하려면 만인이 승복할 수 있는 분명한 증거가 있어야 했다. 그렇지 않다면 이 자리에 있는 사람들이 감당할 수 없는 후폭풍이 불 터였다.

게다가 천산 마중지존전……

이들조차 침묵시키려면 증거뿐만 아니라 명분 또한 확실해야 했다.

당대 마중지존전주 천중마제 용천악은 공포의 대상이면서도 한편으로는 마중군자 소리를 들을 만큼 명분을 중시하는 인물이었으니까.

강산하의 제거를 강력하게 주장했던 표일덕의 눈빛은 복잡했다.

구양숙이 왜 하루 종일 침묵했는지를 알게 된 때문이었다.

구양숙이 쓰게 웃으며 표일덕에게 말했다.

"이제 알겠나? 그는 제거하기는커녕 조사하는 것만도 쉽지 않은 자일세. 비록 그가 마인의 모습을 드러내기는 했지만 오전의 비무는 정당한 것이었네. 마인의 기세를 표출한 후에 혈겁을 일으킨 것도 아니고. 오히려 그는 자중했고, 이각 후 정신을 차리자마자 일행과 함께 거처로 돌아갔네. 이 시점에 그를 강압적으로 조사하는 건 무리수일세. 소림과 그의 관계는 분명해졌지만 아직 그와 천산의 관계는 밝혀진 것이 없네. 그가 아직 온전한 정신을 유지할 수 있는 이상 천산과의 관계부터 알아내야 하네. 때가 아니란 말일세."

"후우……. 알겠습니다, 부맹주님."

다른 사람들도 구양숙의 말에 동의했다.

구양숙과 우문직을 비롯한 수뇌부의 인물들이 답답할 정도로 신중하게 움직이는 이유를 이제는 그들도 납득하게 된 것이다.

그때 구양숙이 생각난 듯 백검산장주 이호량에게 물었다.

"이장주, 방 소궁주가 안 보이는구려. 무슨 급한 일이 있기에 이처럼 중요한 자리에 참석하지 않은 것이오?"

눈매를 살짝 찌푸린 그의 얼굴은 기분이 좋지 않음을 여실히 보여주었다.

이호량은 고개를 저었다.

"나도 이상하게 생각해서 사람을 거처로 보냈지만 비어 있다고 하더이다."

청천단심맹의 단심사문이라 불리는 사마세가, 공손세가, 백검산장, 대환궁의 수장은 단심맹주만을 상위자로 두며 그 아래 부맹주와 문상, 그리고 무상과는 신분이 같았다. 하지만 단심사문의 수장들도 부맹주 구양숙에게 반 수 정도 양보하는 터였다.

"비어 있다?"

구양숙의 안색이 살짝 변했다.

그의 눈에서 섬광이 일렁였다.

그가 이호량에게 물었다.

"일전에 맹의 신행각주가 지나가는 말로 공동산에서 강산하와 방욱량이 충돌했다고 말하는 걸 들은 적이 있소. 알고 계시오?"

"그런 일이 있었소이까? 나는 금시초문이오."

구양숙의 이마에 굵은 주름 수십 개가 순식간에 생겨났다.

"어리석은! 부각주!"

표일덕을 찾는 구양숙의 목소리는 그답지 않게 급박했다.

표일덕이 긴장한 모습으로 자리에서 일어났다.

"예, 부맹주님."

"강산하의 거처로 가게! 방 소궁주가 그곳에 도착하기 전에 먼저 도착해야 하네. 그리고 방 소궁주를 데리고 오게. 반항하면 제압해도 좋네."

"알겠습니다."

빠르게 고개를 숙여 인사한 후 몸을 돌리는 표일덕을 보며 사람들은 크게 당황했다.

우문직이 급하게 물었다 .

"방 소궁주가 강 소협의 거처로 갔다고 생각하시는 것이오?"

구양숙은 고개를 끄덕였다.

"그렇지 않기를 바라지만 가능성이 크오."

"그런……!"

이미 산하의 신분내력이 대부분 밝혀진 마당이다. 하지만 방우곤은 산하의 신분을 아직 알지 못했다. 그가 개인적인 사안으로 산하를 공격하고 그 일로 인해 산하가 분노한다면 상황은 그들이 통제할 수 없는 방향으로 흐를지도 몰랐다.

표일덕이 막 대회의청의 문을 넘어서려 할 때였다.

누군가 구르듯이 문 안으로 뛰어 들어왔다.

"큰일 났습니다!"

얼굴이 하얗게 질린 채 안으로 들어온 사람은 이진추였다.

이호량은 미간에 내천자를 그린 채 호통을 쳤다.

"무슨 일이기에 그처럼 호들갑이더냐!"

그럼에도 이진추의 얼굴에 떠올라 있는 황망함은 가시지 않았다.

그가 더듬거리며 말했다.

"아버님, 방 소궁주가… 방 소궁주가…….'

"방 소궁주? 방우곤 소궁주 말이냐?"

그제야 이진추의 들썩거리던 가슴이 조금씩 제자리를 찾아갔다.

그가 말했다.

"예, 방 소궁주가 강 공자의 거처를 찾아갔다가 극심한 중상을 입어 생사를 장담할 수 없는 몸이 되어 돌아왔습니다.'

"뭐라고!"

"뭣이!"

사람들은 너 나 할 것 없이 벌떡 일어났다.

상황은 너무도 공교로웠다.

구양숙의 눈빛이 무거워졌다.

'강산하…… . 너는 우리의 선택지를 하나하나 없애고 있구나. 스스로 퇴로가 막힌 길로 걸어 들어가려 하는가? 너는 도대체 어떤 생각을 하고 있는 것이냐?'

사람들은 구양숙과 우문직을 돌아보았다.

혼란스러웠던 그들의 눈빛이 조금씩 빛을 발했다.

그것은 긴장의 빛이었다.

그들은 냄새를 맡고 있었다.

오랫동안 강호상에 나지 않았던 비릿한 내음.

바로 혈향(血香)을!

終

　멀리 우문세가의 대회의청이 내려다보이는 전각의 지붕 위.

　장삼자락을 표표하게 휘날리며 서 있던 사내의 입가에 만족스러운 미소가 떠올랐다.

　"천사종……. 키운 보람이 있군."

　무엇이 그리도 좋은지 그의 수려한 얼굴에는 미소가 떠나지 않았다.

　"강산하라……. 너로 인해 많은 것을 얻게 되는구나. 오랫동안 본 문을 떠나 있어 여러모로 나를 난감하게 만들었던 심결이 네게 있다는 것도 알게 되었고, 막륜이 내 눈을 피해 만든 물건이 광혼지력을 담을 수 있는 물건이라는 것도 알게 되었으니까."

바람이 눈부신 그의 은빛 머리카락을 어루만지며 지나갔다.

"게다가 인두겁을 쓴 요마종까지. 정녕 흥미롭도다. 너희로 인해 오랜만에 권태에서 벗어나게 되었다. 그 보답으로 잠시 더 지켜봐 주도록 하지. 너희가 과연 내게 어떤 춤을 보여줄지를."

그의 눈가에 어렸던 미소가 조금씩 잦아들었다.

낮은 중얼거림이 그의 입술 사이로 흘러나왔다.

"하지만, 그 춤이 재미가 없다면 그 순간이 너희의 연극이 끝나는 순간이 될 것이다."

말이 끝나기도 전 전각의 지붕 위는 언제 사람이 있었냐는 듯 텅 비었다.

쓸쓸한 밤바람만이 속절없이 맴돌 뿐이었다.

『철산대공』 1부 완결

작가 후기

갑작스런 1부 완결이라 많이들 놀라셨을 거라고 생각합니다. ^^;;

군이 1,2부로 나눌 필요는 없다는 생각도 들었지만 이 뒤부터는 글의 전반적인 흐름이 많이 바뀌는 터라 9권을 1부로 끝을 냈습니다.

2부는 1권에서 언급했던, 산하가 펼치는 일보진천 일권천붕 괴협독보 철산군림의 강호행이 될 것입니다.

2부의 총 권수는 대략 6권에서 7권 정도로 생각하고 있습니다.

2부가 출판되는 시점은 7월쯤이 될 것입니다.

그때 뵙겠습니다.

임준후 배상(拜上).

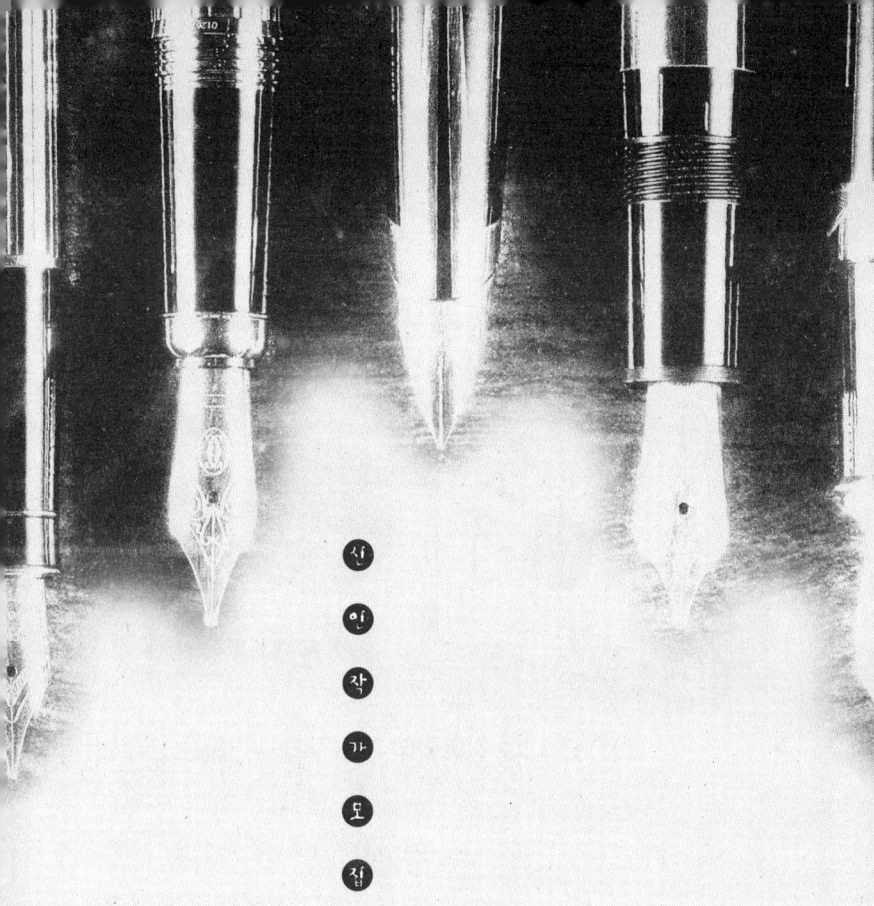

신
인
작
가
모
집

시작이 반이라고 했습니다.
작가의 길에 대한 보이지 않는 벽을 과감히 깨뜨리십시오!
청어람은 작가 지망생 여러분들의
멋진 방향타가 되어드리겠습니다.

저희 도서출판 청어람에서는
소설 신인 작가분들을 모집합니다.
판타지와 무협을 사랑하시는 분들의 많은 참여를 바랍니다.
소정의 원고(A4용지 150매)를 메일이나 우편으로 보내주시면
검토 후 출판 여부를 알려드리겠습니다.

주소:경기도 부천시 원미구 심곡2동 163-2 서경B/D 2F 우편번호 420-822
TEL:032-656-4452 ·**FAX**:032-656-4453
http://**www.chungeoram.com**
e-mail:chungeoram@chungeoram.com

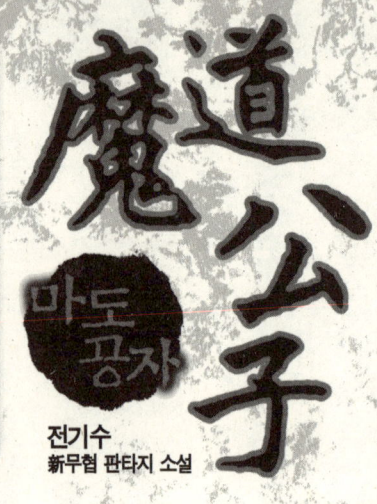

度彼岸論
천애협로

촌부 新무협 판타지 소설
FANTASTIC ORIENTAL HEROES

『우화등선』, 『화공도담』의 뒤를 잇는
작가 촌부의 또 하나의 도가 무협!

무림맹주(武林盟主), 아미파(峨嵋派) 장문인(掌門人),
군문제일검(軍門第一劍), 남궁세가(南宮勢家)의 안주인.

그들을 키워낸 어머니―
진무신모(眞武神母) 유월향(柳月香)!

어느 날, 그녀가 실종되는데……

"하, 할머니는 누구세요?"

무한삼진의 고아, 소량(少雨)에게 찾아온 기이한 인연.

세상과 함께 호흡을 나눌 수 있다면[天地同息]
천하의 이치를 모두 얻으리래[天下之理得]!

이제, 천하제일인과 그녀가 길러낸
마지막 자손의 이야기가 펼쳐진다!

생존록

홍준성 퓨전 판타지 소설

FUSION FANTASTIC STORY

대한민국 평범한 청년 정우성,
어느날 합숙을 가러 집을 나섰는데,

휘이이잉-

"이, 이게 무슨……?"

눈앞에 펼쳐진 설원,
설원을 지나니 이번엔 밀림이?

보랏빛 행성이 하늘에 떠 있고 나무가 살아 움직인다.

"살아남아 반드시 지구로 돌아가리라!"

베인의 이계 생존록.
살아남기 위한 그의 처절한 노력이 시작된다.

Book Publishing CHUNGEORAM

유행이 아닌 자유추구 -
WWW.chungeoram.com

十萬
對敵劍
Fantastic Oriental Heroes
십만대적검

오채지
新무협 판타지 소설

개파 이래 한 번도 고수를 배출한 적 없는
오지의 산중문파 제종산문.

무려 십칠 대에 이르러서야 마침내 괴물 같은 녀석이 나타났다!
하지만 그는 세상사에 초연하기만 하고,
속 터진 사부는 천일유수행(千日流水行)을 핑계 삼아
제자를 산문 밖으로 내쫓는데…….

『십만대적검』!

바깥세상이 궁금하지 않았던 청년 장개산의
박력 넘치는 강호주유기!

Book Publishing CHUNGEORAM

유행이 아닌 자유추구
WWW.chungeoram.com

이문혁 장편 소설

FUSION FANTASTIC STORY

-BONG CENTER-

PURSUER

퍼슈어

「난전무림기사」, 「마협 소운강」의 작가 이문혁
그가 그려내는 현대물의 신기원!

서울 서초구 고층 빌딩 사이에 존재하는
아는 사람만 아는 미지의 건물 봉 센터.
베일에 쌓인 그곳에 오늘도
정보에 목마른 자들이 왕래한다.

정계의 비밀부터 국가 기밀까지.
혹은 사회를 떠들썩하게 만든 사건의 정보까지!
원하는 모든 것을 찾아주나,
아무나 그곳을 찾을 수는 없다!

그대여, 이런 현대물을 본 적이 있는가!
이 세상의 어둠 속에서 숨 쉬는
또 다른 세상의 이면을 즐겨라!